내 안의 평온을 아껴주세요

내 안의 평온을
......

아껴주세요

마인드풀tv 정민
마음챙김 안내서

......

MINDFULNESS

......

비채

나의 영원한 우상,
밝은 태양과 같은 나의 어머니와
내 안의 어둠을 비추어준
고요한 달과 같은 나의 아버지께

내 마음의 천국과 지옥

'내 삶은 언제나 막장 드라마야'라고 곧잘 우스갯소리를 할 정도로 제 삶은 어려서부터 유별났습니다. 고등학생이 되었을 즈음엔 웬만한 일에는 놀라지도 않을 정도였으니까요. 사춘기 시절부터 극도의 불안 증세와 공황장애를 겪었고, 불안의 정도가 심각해지면서 습관적 자해를 일삼기도 했죠.

처음 죽고 싶다는 생각을 한 게 열한 살쯤이었다고 기억합니다. 그때 저는 5층짜리 아파트에 살고 있었는데, 옥상에 올라가 바로 앞 놀이터에서 뛰어노는 친구들을 내려다보던 기억이 지금도 생생하네요. '저 친구들이 부럽다. 나는 다른 사람들과 달라. 나는 이상해. 나는 사랑받지 못해.' 이런 생각들로 매일을 어둡게 보냈어요. 때로는 힘을 내서 즐겁게 지내다가도 감정적 지옥으로 추락하면 쉽게 헤어나지 못했죠.

저는 평범한 가정에서 태어났습니다. 어머니는 돌이켜보면 엄청난 워커홀릭이셨고, 전 태어나자마자 할머니 손에 맡겨졌어요. 언론사에서 일하시는 부모님은 새벽 퇴근이 잦을 정도로 바쁘셨죠. 주 6일 근무였던 당시를 돌아보면, 사실상 제가 부모님과 함께하는 시간은 일요일뿐이었던 거예요. 갓 태어난 아기에게 엄마가 없는 시간이란 참 가혹했겠죠? 태어나 탯줄이 끊기는 순간조차 인간의 잠재의식에는 트라우마로 남는다고 하니까요. 늘 엄마를 기다렸지만, 어쩐지 자꾸만 버려지고 내맡겨진다는 생각에 많이 외로웠던 것 같아요.

게다가 키워주신 할머니의 우울증을 그대로 닮아버렸는지, 저는 정서적으로 불안정한 아이로 자라났어요. 학교에 들어가기 전부터 신경쇠약 증세가 깊어서 헛것을 보고 듣고 느끼는 것이 일상이었어요. 학교에 입학하면서 불안과 우울이 더욱 깊어졌고, 매일이 고비라고 느낄 정도로 힘든 학창 시절이 시작됐어요. 모자간 애착의 부재로 인해 언제나 외로웠던 저는 친구들을 참 좋아했는데, 마음을 온통 내어주면 꼭 왕따를 당하는 패턴으로 이어지곤 했어요. '왜 친구들은 항상 나를 싫어하지? 역시 내가 이상해서인가?'라는 의문이 점점 확신으로 굳어졌죠. 학년이 올라갈수록 따돌림의 강도는 심해졌고, 수치스러운 일들도 참 많았어요. 돌이켜보니 견디기 힘든 정신적 폭력을 장기간 겪었더군요.

게다가 또래보다 조숙했기 때문인지 어려서부터 각종 성범죄에 노출되었고, 누구한테 말도 못 하고 혼자 속상한 마음을 억누르곤 했어요. 그렇게 스스로를 비련의 여주인공이라 여기고 피해자 마인드에 젖어 살다가 데이트 폭력과 정신적 학대까지 겪게 되었고요. 참 대단한 트러블 메이커였죠?

차곡차곡 누적된 트라우마는 제 마음속에 지옥을 만들어냈습니다. 제가 성인이 되자 그 지옥은 더 커졌고요. 게다가 제 삶에서 유일하게 평범하다고 말할 수 있었던 집안마저 기울어 그야말로 뿌리가 뽑히는 기분이었어요. 당시의 연인에게는 정신적 학대를 겪었고, 그러면서 '나는 세상에 존재해서는 안 되는 쓰레기'라는 망상이 점점 신념으로 굳어졌어요. 일주일 동안 한 시간을 채 못 잘 정도로 심한 불면증에 시달렸고, 누가 나를 공격할 거라는 망상에 사로잡혀 커튼을 친 방에서 한 달 넘게 안 나가기도 했어요. 이 많은 문제들을 겪는 동안 심리상담 한번 받아본 적이 없으니, 저 자신의 문제가 무엇인지도 모른 채 꾸역꾸역 살았답니다. 어쩌면 제 상태를 진단받지 않은 것이 다행이었는지도 모릅니다. 정신병리학적 진단이 앞섰다면 혼자 이겨낼 기회를 갖지 못했을지도 모르니까요.

어른의 충분한 보호와 관심이 필요했던 청소년기를 지나면서도 저는 제가 겪는 일들에 대해 자세히 말한 적이 없어요. 들어주는 사람이 없었거든요. 부모님은 늘 바쁘셨고, 제가 모든 걸 혼자 이겨낼 수 있다고 믿기도 하셨어요. 물론 지금은 그 신뢰에 감사하지만, 저는 오랜 시간 완전히 버림받았다는 착각에 빠져 살았답니다. 그래서 유년기 내내 어머니에 대한 원망이 대단했지요.

스무 해가 조금 넘는 시간 동안 스무 가지 이상의 인생을 살았다고 느낄 만큼 삶에 싫증이 났을 때, 갑자기 채식을 시작하게 되었어요. 평소 음식으로 보이던 고기에 갑자기 죽은 동물의 시체가 투영되어 보이기 시작했고, 그 순간부터 고기를 못 먹게 되었거든요. 그렇게 아무 준비도 없이 채식인으로 살기 시작했답니다.

완전한 채식이 이어져서 정신이 조금 맑아졌던 걸까요. 내면 깊은 곳에서 '명상을 해보면 어떨까?' 하는 목소리가 들렸습니다. 어릴 때부터 제가 괴로워할 때 부모님이 종종 '그렇게 힘들면 명상이라도 해봐'라고 하셨던 것이 떠올라 바로 검색을 해보았어요. 그렇게 아무 가이드도 없이 '제멋대로 명상'을 하기 시작했고 조금씩 영적인 삶을 누리게 되었습니다. 왜 갑자기 채식을 하게 된 건지, 왜 갑자기 명상이라는 단어가 떠오른 건지는 지금도 모르겠습니다. 그냥 저 자신을 살리려

했던 제 영혼의 외침이었다고 믿고 있어요.

　명상 또한 막무가내로 시작했던 저는, 실제로 내면이라는 것을 들여다보고 마음의 평온을 찾기까지 많은 시행착오를 거쳤습니다. 마음의 평온을 구하는 것이 목적이라기엔 조금 난해한 방향의 영성 공부에 빠지기도 했죠. 다시 현실로 돌아와 현실에 맞춘 마음 수행을 하기까지 서너 해는 걸린 것 같아요. 그리고 지금 저는 더할 나위 없이 평화로운, 모자란 것도 없고 과한 것도 없는 행복한 삶을 살고 있답니다. 그리고 유튜브라는 고마운 플랫폼을 통해 예전의 저와 같은 시간을 지나고 있는 많은 사람들에게 메시지를 전하고 있어요. 단 몇 명에게라도 닿았으면 했던 진심이 꽤 많은 사람들에게 전해졌고, 마음의 고요를 찾는 분들에게 도움이 되길 바라는 마음으로 이 책도 쓰게 되었습니다.

　천국과 지옥은 죽어서 가는 곳이 아니라, 내가 놓인 상황이나 현실이 아니라, 지금 이 순간 내 마음의 상태입니다. 남들 눈에는 저도 멀쩡한 환경의 보통 여학생으로 보였을 거예요. 무엇 하나 부족한 것도 없는데 복에 겨웠다는 말을 들었을지도 모르죠. 하지만 저는 늘 저 자신을 세상에 홀로 내던져진 천치라고 느끼고 동정했습니다. 그래서 지금도 사람들의 환경을 보고 그들의 마음을 판가름하지 않습니다. 천국과 지옥은 가진 것이 많고 적음을 떠나 누구의 마음에나 만들어질 수 있으니까요. 지금 이 순간 내 마음이 고요하고 행복하다면 내가 있는 곳은 천국입니다. 사회적으로 지극히 정상이라고 여겨지는 환경에 있어도 마음이 어둡고 고통스러우면 지옥에 사는 것과 마찬가지이고요. 안타깝게도 오늘날 우리는 대부분 마음의 지옥을 만들며 살아가고 있습니다.

늘 고요한 마음을 유지하고 기쁜 삶을 살기 위해서는 그 누구도 아닌 나 자신과 연결되어 있어야 합니다. 내 마음이 외부가 아닌 내면을 향해야 하고, 내 감정을 알아차리고 인정해야 합니다. 내 삶에 아픈 상처가 났고 아직 아물지 않았다면 약을 바르고 새 살이 돋을 때까지 지켜봐야 합니다. 당근과 채찍으로 자신을 대하지 않고 사랑과 관용으로 대해야 합니다. 이 일은 좋은 대학에 들어가고 원하는 직장을 얻는 것보다 어려울 수도 있습니다. 하지만 우리가 열심히 공부하는 것이나 돈을 모으는 것도 결국 행복해지기 위해서가 아니겠어요? 행복한 삶을 꿈꾸면서 지금 이 순간 내가 행복한지에 대해 관심을 두지 않고, 미래에 있는 막연한 행복만 좇다 보면 천국은 자연스레 멀어질 수밖에 없습니다.

많은 사람을 미워하고 원망하며 오래도록 두려움에 갇혀 살기에 충분한 삶이었지만, 스스로 여기까지 헤쳐온 제가 있다는 것이 많은 분들께 용기가 되었으면 합니다. 누군가가 해냈다는 것은 다른 사람도 할 수 있다는 것이니까요. 제가 해온 거의 대부분의 노력은 내면에서 고요하게 이루어졌습니다. 매일 꾸준한 명상을 통해 외부의 자극에서 벗어나 나를 만나고, 알아차리고, 이야기하고…. 제 마음의 병에 맞는 다양한 유도 명상을 고안하고 행하며 재창조된 삶을 만난 것이죠.

제가 안고 있던 문제와 아픔을 극복하는 과정에서 도움이 되었던 명상 방법들을 이 책에 소개합니다. 저의 이야기와 함께 단계별로 나누어 설명한 가이드도

실었습니다. 하지만, 이 가이드는 이해를 돕기 위한 제안일 뿐 완벽하게 따라야 하는 것은 아니에요. 제가 이렇게 자유롭고 행복해지는 데에 큰 도움을 준 결심 중 하나가 '정답을 구하지 않기'였어요. 명상을 수행하는 과정에서도 정해진 답을 찾기보다는 스스로를 들여다보고 그때그때 내면에 귀를 기울이는 연습을 해보세요. 자꾸 정답을 얻으려 하는 마음은 내재된 불안에서 시작됩니다. 사실 정답이라는 것이 존재하지 않음을 알고 나면 생각지도 못했던 자유를 얻게 되죠. 어떤 것들이 나를 행복하고 편안하게 하는지, 어떤 것이 나를 불편하게 하는지를 관찰하고 내 안에서 세상의 모든 것을 보는 것이 정말로 평온해지는 비결입니다.

명상은 수염이 덥수룩한 도인들이 하는 것이 아니고 종교와 연관된 행위도 아닙니다. 거창한 테크닉이 필요한 것도 아니고 교리도 없지요. 내가 누군지 잊고, 삶의 본질조차 망각하고 살아가기 아주 좋은 환경에 놓여 있는 모든 현대인에게 필요한 하나의 활동일 뿐이에요. 마음을 또 하나의 근육으로 본다면 마음이 하는 운동이라고 여기셔도 좋습니다.

이 책을 읽는 당신이 아침저녁으로 세수와 양치를 하듯, 매일 명상을 통해 마음을 닦는 모습을 떠올려봅니다. 분명 오늘 하루가 달라질 거라고 기대해봅니다. 그렇게 맑은 하루하루가 모이고, 맑아진 한 사람 한 사람이 모여서 더 괜찮은 세상이 될 거라고 저는 믿습니다.

차
례

여는글 ▪ 006

제1부
명상을 시작하기 전에

명상은 ▪ 020
명상 준비 ▪ 028

제2부
오늘의 명상

아침을 여는 명상 ▪ 048
저녁에 하는 마음 목욕 명상 ▪ 058
통증을 완화하는 셀프 힐링 명상 ▪ 066
태아와 연결하고 불안을 해소하는 확언 명상 ▪ 076
나를 안아주는 자기사랑 명상 ▪ 085
과거의 상처를 돌보는 명상 ▪ 095
용서하기 힘든 사람을 용서하는 명상 ▪ 109
막연한 불안을 해소하는 나무 명상 ▪ 119
생각을 흘려보내는 명상 ▪ 130
원하는 삶을 내 것으로, 심상화 명상 ▪ 139

저항 버리기 명상 ▪ 148

팬데믹 시대를 위한 명상 ▪ 158

나를 마주하고 비우는 쓰기 명상 ▪ 168

죽고 싶다는 생각이 들 때 ▪ 176

제3부
묻고 답하기

'현존하기'는 왜 이렇게 힘든가요? ▪ 188

명상을 시작한 후 자꾸만 혼자 있고 싶어져요. 정상인가요? ▪ 192

마음공부를 하는데 현실은 조금도 변하지 않아요. 왜 그럴까요? ▪ 195

사회적 이슈를 어떤 태도로 바라보아야 하나요? ▪ 200

부정적인 생각의 늪에서 어떻게 빠져나오나요? ▪ 204

아이를 향한 죄책감으로 괴롭습니다 ▪ 209

매사 평가하려는 나 자신이 싫어요. 평가하기를 멈추고 싶어요 ▪ 213

질투와 열등감 때문에 괴롭습니다 ▪ 216

수시로 멍해집니다 ▪ 223

일을 자꾸 미루게 되고 무기력해집니다 ▪ 228

명상을 시작한 후 두통을 겪거나 머리에 열감을 느껴요 ▪ 234

명상을 하면서 오히려 더 괴로워졌어요 ▪ 239

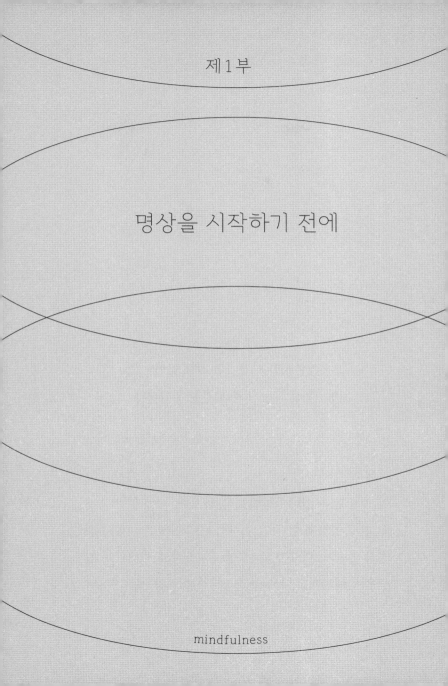

제1부

명상을 시작하기 전에

mindfulness

명상은

명상은
강아지가 자신의 꼬리를 쫓아
빙글빙글 도는 것을 멈추는 일입니다

현대인은 매일 그런 모습으로 살아갑니다. 자신이 그러고 있음을 알아차리지도 못하고요. 명상은 자극적인 환경에 갇혀 쉴 공간과 시간 없이 바빴던 내 마음을 잠시 멈추고, 내 주변과 내 안에서 실제로 일어나는 일들을 알아차리고, 그것들로부터 자유로워지는 것입니

다. 인간은 하루에 6만여 가지 생각을 하는데 그중 95퍼센트 이상이 어제 한 생각과 같다고 합니다. 게다가 심한 경우 그중 80퍼센트가 부정적 생각이라고 하죠. 이 패턴을 끊어내는 것이야말로 삶의 질을 높이기 위한 우선 과제입니다.

명상은
아무것도 하지 않지만 모든 것을 하는 마법입니다

아무것도 하지 않는 것이 힘든 현대사회예요. 그저 쉬는 것조차 우리에게는 마음의 부담입니다. 자유를 원하다가도 막상 자유가 주어지면 불안해하지요. 출퇴근길은 숨이 막히고, 인간관계는 머리가 아프고, 돈은 내 마음의 평온을 쥐고 흔듭니다. 이 모든 것을 멈추고 원래 내 안에 자리한 고요함을 찾음으로써 삶의 균형을 잡는 것이 명상입니다. 명상을 습관화하고 나면 마법 같은 변화들이 일어납니다.

명상은
매일 하는 세수와 양치 같은 것입니다

명상은 종교적 색채를 띠지 않습니다. 명상이라는 카테고리 안에 '종교에서 행하는 명상'이 있을 뿐입니다. 그만큼 명상 자체가 좋은 도구임을 알고, 내게 종교적 신념이 있다면 그 안에서 행하면 됩니다. 기독교, 천주교, 유대교, 불교, 힌두교, 이슬람교, 자이나교 할 것 없이 전 세계의 다양한 종교를 믿는 다양한 사람들이 자신의 마음을 다스리는 도구로 명상을 이용합니다.

명상은
세계적인 기업인과 유명인들이
삶을 윤택하게 유지하는 비결입니다

미국이나 유럽의 여러 국가에서는 라디오에 명상 채널이 있을 만큼 명상이 보편화되어 있습니다. 사람이 많이 모이는 곳에 명상 장소가 따로 마련되어 있기도 하고, 심리상담 센터에서도 명상을 도입한 경우가 흔해요. 오래전부터 명상을 했던 비틀스의 폴 매카트니를 비롯해 오프라 윈프리, 리처드 기어, 톰 행크스, 휴 잭맨, 마돈나, 니콜 키드먼, 귀네스 팰트로, 마이클 조던, 디팩 초프라 등 셀 수 없이 많은 유명인들이 오늘도 명상을 수행하고 있습니다. 미국에서는 이미 명상 인구가 3천만 명 이상이라고 합니다. 구글, 야후, 나이키 등 글로벌 기업들이 명상 교육 프로그램을 운영하는 것도 자연스러운 일이죠.

명상은
나의 정신과 마음, 신체에
양분을 공급하는 일입니다

　명상이 우리의 건강에 미치는 좋은 영향은 여러 분야에서 연구를 통해 밝혀지고 있습니다. 정신과 마음, 그리고 몸은 서로 유기적으로 연결되어 영향을 주고받습니다. 스트레스를 받으면 몸이 아픈 것만 보아도 알 수 있죠. 실제로 단기간 꾸준한 명상을 한 것만으로도 피로가 풀리고 아침이 개운해지며 체력이 좋아지는 걸 체감하는 분들이 많습니다.

명상은
내 삶의 주도권이
내게 있음을 깨닫는 길입니다

우리는 대부분 삶의 주도권을 외부에 맡긴 채 살아 갑니다. 그렇기 때문에 한계와 마주하면 극심한 심리적 우울감이나 자괴감에 빠지고, 길을 잃은 느낌을 받습니다. 내 삶의 중심에 내가 서는 것은 행복의 지름길입니다. 그 방법을 스스로 깨닫도록 도와주는 것이 명상이고요. 외부에 의식을 두면 끌려다니게 되지만, 내면에 의식을 두면 주체적으로 살게 되고 세상이 나를 위해 움직이는 것을 보게 됩니다.

명상은
생각을 멈추어
진짜 앎에 가까워지는 것입니다

늘 다니던 길인데도 갑자기 머릿속이 복잡해져 방향을 잃을 때가 있습니다. 그럴 땐 머리를 비워서 원래 아는 것을 기억해내기만 하면 됩니다. 우리는 흔히 생각을 해야 답을 얻는다고 여기지만, 사실 진짜 답은 머리가 비워져야 수면 위로 떠오릅니다. 그 역할을 하는 것이 '직관'이고요. 직관은 편안한 삶을 위한 최고의 길라잡이이고 명상은 직관을 확장하는 최고의 도구입니다.

명상은
개량한복을 입고 산속에서 하는 것이 아닙니다

사람들에게 명상을 해보라고 하면 바닥에 가부좌 혹은 양반다리를 하고 앉아 엄지와 검지를 동그랗게 말아 무릎 위에 올리고 눈을 감습니다. 명상하는 사람을 떠올려보라고 하면 폭포 옆에서 한복을 입고 앉아 있는, 수염이 덥수룩한 남성을 떠올리죠. 하지만 명상은 출퇴근길에도 할 수 있고, 사무실 책상 앞에서도 할 수 있으며, 연인과 다툰 직후 차 안에서도 가능합니다. 어디서 어떻게 하는지에 대한 고정관념을 버리면 훨씬 수월해집니다. 실제로 저는 카페에서 지인을 기다릴 때도, 쇼핑몰 소파에 잠시 앉아 쉴 때도, 바다에서 스노클링을 할 때도 명상을 합니다. 제가 있는 그곳이 그 시간의 명상 자리라고 생각합니다.

옷차림

몸을 조이지 않는 편안한 복장이면 됩니다. 명상은 몸을 이완하고 몸의 불편함으로부터 자유로워지는 연습이기도 합니다. 따라서 불편함이 느껴지는 옷만 피하면 돼요.

명상 때

아침과 저녁, 하루 2회를 권장하지만 너무 바빠서 한 번밖에 할 수 없다면 아침에 눈 뜬 직후가 가장 좋다고 생각합니다. 하루를 훨씬 좋은 마음가짐으로 시작할 수 있고, 그렇게 매일이 조금씩 더 나은 방향으로 향해 가기 때문입니다. 자기 전에 하는 것도 좋지만, 잠들기 직전에 명상을 하면 뇌가 각성되어 안 꾸던 꿈을 꾸거나 악몽에 시달릴 수 있습니다. 악몽을 꾼다고 무언가 잘못되고 있는 것은 아닙니다. 이런 증상을 겪는다면 저녁 식사 전으로 명상 시간을 바꿔보거나 아침으로 옮겨보는 것이 좋아요. 음식이 위장에 남아 있는 상태로는 마음을 온전히 집중하기가 힘듭니다. 특히나 안 좋은 음식을 먹은 경우 잡념이 많아지죠. 가급적 식사 직후는 피해주세요.

명상 자리

명상만을 위한 장소를 마련할 수 있다면 좋겠지만 쉽지 않은 일이죠. 그렇다면 명상 방석을 하나 준비하면 어떨까요. 특별한 방석을 써야 하는 것은 아닙니다. 집에 있는 아무 방석이나 써도 돼요. 내 마음에 '이곳이 내 명상 자리야'라는 느낌을 줄 수 있도록 말이죠. 명상 자리를 마련한 후 초를 켜거나 향을 피우기도 하실 거예요. 자칫 기관지에 해로울 수 있으므로 성분을 꼼꼼히 따져보길 권합니다. 저는 유기농 테라퓨틱 그레이드 에센셜 오일을 호호바 오일과 혼합해 숙성한 것을 사용합니다. 명상 전 손등에 조금 발라 몇 차례 깊이 호흡해 향을 즐긴 후 명상에 들어가죠. 반드시 필요한 과정은 아니지만, 실제로 몸과 마음이 곧바로 이완되고 기분이 상당히 좋아지는 것을 느낄 수 있습니다. 사실, 명상 자리를 마련해두는 것만으로도 마음이 든든하죠.

지속 시간

의무감은 내려놓으세요. 명상은 '함이 없이 하는 것'
입니다. 체크리스트에 속해서는 안 되고 그로 인해 스
트레스를 받아서도 안 됩니다. 반드시 오래 해야 하는
것도 아닙니다.

처음 명상을 시작하면 1분도 지나지 않아 눈을 뜨고
싶어집니다. 고요하게 지내본 적이 없기에 좌불안석이
되죠. 10분을 하든 한 시간을 하든 중요한 것은 꾸준히, 매일 생활화하는 것입니다. 아침에 일어나 이를 닦고 세수를 하듯 명상이 당연한 일과가 되어야 하는 것이지요.

모든 사람에게 추천하는 방법은 매일 같은 시간에 최소 15분 동안 명상하는 것입니다. 예를 들면 매일 기상 직후 15분이 되겠죠? 그것이 힘들다면 10분, 아니 5분이어도 좋습니다. 습관을 먼저 만들고 시간을 늘려가는 것이 더 수월해요. 나중에는 명상하다 눈을 떴는데 한두 시간이 지나버린 마법 같은 경험도 하게 됩니다.

장소와 자세

명상 때에 명상 자리에 가면 우리의 뇌가 '명상 시간이다!' 하고 인식하고 준비할 수 있도록 같은 자리, 같은 시간을 유지하기를 권합니다.

바닥에 앉아 명상을 하려면 결가부좌가 가장 좋습니다. 결가부좌로 앉는 것만으로도 곧은 허리가 장시간

유지되기 때문입니다. 하지만 골반과 신체의 불균형으로 인해 결가부좌 자체가 힘든 현대인도 많습니다. 그런 경우 반가부좌도 좋아요. 반가부좌도 힘들다면 그저 두 다리를 편하게 내려놓고 앉아봅니다.

억지로 반가부좌나 결가부좌를 취하면 발목과 무릎에 좋지 않습니다. 요가나 스트레칭을 꾸준히 해 골반 균형을 잡은 후 자연스러울 때 가부좌를 해보세요. 요가는 원래 깊은 명상을 위한 것이었습니다. 간단한 요가 동작을 매일의 루틴으로 삼아 몸의 균형을 잡고 결가부좌가 편안해지는 것을 목표로 해도 좋겠죠? 결가부좌가 가능해지면 오랜 명상으로 더 큰 평온을 누리는 것이 쉬워집니다.

의자에 앉은 자세로 명상해도 됩니다. 좌식 생활 자체가 낯선 서양인들은 흔히 의자에 앉아 명상을 합니다. 유의할 것이 있다면, 발바닥이 땅에 편안하게 닿아야 한다는 것과 등받이에 기대지 않아야 한다는 것입니다. 등받이에 상체를 기대어 명상을 하면 척추에도 좋지 않을뿐더러 금세 졸음이 찾아옵니다.

바닥에 누워서 명상을 하려는 분도 계실 겁니다. 누워서 하는 명상의 단점은 명상을 마치기도 전에 잠에

빠진다는 것입니다. 대부분의 사람들이 짧게는 3분, 길게는 7, 8분 안에 잠이 듭니다. 불면증 때문에 잠이 들고 싶어 명상을 한다면 누워서 하시는 것도 좋겠죠. 하지만 나 자신을 관찰하고 내면을 고르게 정리하고 비워내고 싶다면 잠들기 위해 하는 명상과 별도로 앉아서 하는 명상도 하시길 권합니다.

가능한 한 잠자리와 명상 자리는 엄격히 구분해야 합니다. 잠자리에 가면 우리의 뇌는 곧 수면에 들 것이라 생각해 그에 대한 준비를 합니다. 집중이 쉽지 않겠죠? 졸음이 오고 집중이 안 되는 것은 물론이고, 졸다 깨기를 반복할 수 있습니다. 또, 침대 생활을 하는 경우 매트리스에 앉는 것 자체가 허리 건강에 매우 해로워요. 매트리스 위에서 움직이지 않고 15분을 앉아 있으면 허리가 그 자세를 지탱하기 위해 많은 힘을 들입니다.

호흡

명상을 하며 깨닫는 것 중 하나가 평소 자신의 호흡이 얕고 짧았다는 것입니다. 어쩐지 명상을 할 땐 굉장히 전문적이고 수련된 호흡을 해야 할 것 같지만 꼭 그렇지는 않습니다. 호흡은 우리가 집중할 수 있도록 돕는 역할을 합니다. 각자의 속도대로 호흡하며 그 깊이나 길이를 조금씩 늘려간다고 생각하시면 좋습니다.

자신의 역량 이상으로 무리한 호흡을 하면 어지럼증이나 메스꺼움을 느낄 수 있습니다. 그럴 때는 정상 호흡으로 돌아가 잠시 휴식하면 회복됩니다. 평소에 걷기나 유산소 운동으로 폐활량을 늘려주는 것도 도움이 됩니다. 호흡에 집착하지 않는 마음가짐이 가장 중요하고요.

제가 생각하는 가장 좋은 호흡법은 코로 들이쉬고 코로 내쉬는 것입니다. 하지만 이 역시 처음에는 내게 가장 편한 방법을 택하는 것이 좋아요. 비염을 앓아 코를 통한 호흡이 어려운 분들도 있습니다. 천천히 건강을 개선해나가면서 비강 호흡이 가능해질 때까지 구강 호흡에 의지해 명상을 이어가는 것이 중요해요.

집중

명상에 들어 5분, 10분이 지나면 대부분의 사람들은 다리가 저리고 몸이 한쪽으로 기우는 등 신체의 한계를 느낍니다. 불편함이 느껴진다고 놀라거나 조급해할 필요는 없습니다. 자연스럽고 편안하게 해당 부위의 불편함을 해소한 후 고쳐 앉으면 됩니다. 빨리 해결하고 빨리 다시 시작하려는 마음이 집중을 흐립니다. 감은 눈을 유지한 채 의식은 명상에 두고 몸의 불편함만 해소한다고 생각하면 됩니다.

명상을 하려고 앉았는데 세탁기에 들어 있는 빨래나 아이의 준비물이 생각나 눈을 뜨게 되나요? 자꾸 깜빡한다는 것은 내 마음이 온 세상에 퍼져 있다는 것을 의미합니다. 평소에 메모하고 적어두는 습관을 들이고, 명상 전에 할 일 목록을 미리 적어둔 후 명상을 시작하는 것도 방법입니다. 잊어버릴 염려가 없으니 온전히 집중할 수 있습니다. 다 적었는데도 명상 중 또 생각나는 것이 있다면, 명상 후 맑아진 정신으로 모두 기억하게 될 것임을 굳게 믿고 다시 명상에 집중해보세요.

잡념

명상은 생각을 멈추는 것이 아닙니다. 아무런 생각이 들지 않아야 명상을 제대로 하는 것이라 착각하는 분들이 많아요. 명상은 감정을 객관적으로 바라보고 감정에 휘둘리지 않는 연습을 하는 과정입니다. 감정이나 생각을 억누르고 통제하는 것에 익숙한 우리가, 그것들을 그저 바라보고 영향받지 않는 법을 배운달까요. 바라보는 법을 배우지 못하면 끌려다니게 됩니다. 태어나서 죽는 날까지, 감정과 생각은 언제나 우리 안을 맴돌 것입니다. 나의 일부라면 내가 통제할 수 있지만, 생각과 감정은 내가 아니기 때문에 통제할 수 없어요. 그것을 알아차리고 나의 존재에 집중하는 법을 배우면 외부 자극과 무관하게 맑은 마음과 머리로 매일

을 행복하고 상쾌하게 살아갈 수 있습니다.

기분

명상은 기분을 좋게 만드는 수단이 아니라 '관찰자 시점'을 익히는 여정이자 나를 비우는 연습입니다. 기분이 좋지 않은 날에만 임시방편 삼아 명상을 하면 당연히 그 효과는 줄어듭니다. 운동도 안 하는 것보단 가끔이라도 하는 게 좋지만, 꾸준히 해야 효과가 있죠? 명상으로 마음의 근육을 단련한다고 생각하면 매일 하는 게 중요하다는 걸 실감하실 거예요.

공포

명상 중 막연한 공포감이 찾아오는 경우가 있습니다. 우리의 잠재의식에는 우리가 생각하는 것 이상의 것들이 담겨 있습니다. 내가 인정하고 싶지 않아 부정하고 저항했던 감정들이 고스란히 우리 안에 남아 있어요. 우리는 많은 것들에 두려움을 갖고 살기 때문에 명상 중 알 수 없는 공포감이 찾아오는 것은 흔한 일입니다.

두려움에 대해 이렇다 저렇다 평가하거나 피하지 않고, 그저 수용해봅니다. 그리고 감정을 온전히 느끼다 보면 그 감정에 기여한 어떤 상황이 떠오릅니다. 보통은 과거의 상처이거나 미래에 일어나지 않았으면 하고 바라는 상황입니다. 그때 다시 한번 내가 그런 것에 두려움을 가지고 있음을 알아차리고, 그 감정으로 인해 몸에서 일어나는 변화를 인지하고, 그 감각에 집중합니다.

스스로에게 '많이 두렵지? 그래도 난 이겨낼 수 있어. 함께 해보자'라고 반복해서 말해줍니다. 어깨나 명치 등 긴장되는 곳이 있다면 그곳을 의식적으로 이완하고, 숨이 답답하다면 조금씩 호흡량을 늘려봅니다. 가슴이 아프다면 손바닥으로 가슴을 지그시 따뜻하게 눌러주어 안정시켜주고, 누군가가 안아주었으면 좋겠다는 소망이 든다면 스스로의 몸을 쓰다듬어줍니다.

눈물

명상 중 눈물이 날 때는 시원하게 울어버리는 것이 중요합니다. 우리 모두 슬픈 감정을 억누르고 살아왔으니까요.

공포를 마주하는 것과 마찬가지로, 내가 나를 다독이고 위로해주는 것이 중요합니다. 눈물이 나는 것에 너무 놀라지 말고, 그 슬픔을 인정하고 수용합니다. 우는 것에 집중할지, 다시 명상에 집중할지는 그때그때 나의 상태에 달려 있습니다. 시원하게 울어버리고 싶다면 펑펑 울고, 명상에 집중하고 싶다면 그렇게 합니다. 울기로 마음먹었다면 울면서 가슴이 후련해지는 과정을 감각적으로 관찰합니다.

우는 모습을 초라하다고 비판하거나 수치심을 느끼는 마음이 올라올 때면, 시원하게 잘 울었노라 스스로 다독여주세요. 우리 사회는 진심으로 울지 못하는 병에 걸려 있으니까요.

진동

명상을 시작하면 우리 몸 안에 존재하는 에너지의 움직임을 느끼게 됩니다. 사실 원래 있던 것을 이제야 느끼는 것이지요. 하지만 그동안 느끼지 못했기 때문에 명상을 통해 움직임이 생겼다고 착각할 수 있습니다. 우리 몸의 세포들은 언제나 열심히 분열하고, 움직이고, 배출되기를 반복합니다. 그리고 많은 나라의 전통 의학에서 다루었듯 에너지氣가 흐르는 통로도 존재하죠. 처음에는 한쪽으로만 느껴지거나 한 부위에서만 느껴지기도 합니다. 내가 의도하지 않았는데 신체가 움직이기 때문에 무언가 잘못된 게 아닌가 겁이 날 수 있지만, 카메라로 촬영해보면 내가 생각하는 것처럼 크게 움직이는 게 아님을 알 수 있어요. 내부에서 일어나는 움직임을 크게 느끼는 것이죠. 척추를 중심으로 소용돌이치는 에너지를 느끼거나, 고개가 돌거나, 팔다리가 툭툭 짧게 움직이는 등 다양한 움직임이 느껴질 수 있지만 저항하지 말고 그대로 두는 것이 좋습니다. 만약 움직임이 너무 심해 거부감이 느껴진다면 명상을 잠시 쉬어도 되고요.

빛과 색

눈을 감았음에도 어떤 색이 선명하게 보이거나 반짝이는 빛이 느껴지는 것 또한 명상 중 흔히 경험하는 일입니다. 우리가 오감을 통해 감지할 수 있는 것 이상의 것들이 있다는 것은 과학적으로도 충분히 입증된 사실이잖아요. 세상은 내가 인지해온 것 이상으로 무궁무진하구나 하고 자연스레 넘기는 게 좋습니다. 명상 중에 일어나는 신비한 체험들에 대해 자꾸만 궁금해하고 의미를 찾는 것은 명상의 본질을 흐릴 수 있으니 주의하세요.

혼자 하는 명상

스승 없이 명상을 하면 위험하다는 이야기는 명상에 대한 흔한 오해 중 하나입니다. 저는 일반적으로 명상을 어딘가에 소속되어 하길 권하지 않아요. 제가 혼자 시작해서 혼자 해왔듯 누구나 그렇게 할 수 있고, 그게 가장 효과적이라고 믿기 때문이죠. 명상은 앉아서 나를 비우는 것입니다. 누군가의 도움은 필요하지 않아요. 혼자 하고 있는데 제대로 하는 건지 모르겠다고 하는 분들이 많이 계십니다. 그저 앉아서 고요히 시간을 보내는 것인데, 올바르게 하는 것인지 아닌지에 대한 답을 구하려 하는 것도 모든 것에 정의를 내리려 하는 우리의 오랜 습관과 연관되어 있어요. 혼자 하는 명상이 위험하다는 것은 혼자 하는 기도가 위험하다고 생각하는 것과 마찬가지입니다.

음악과 가이드

아무것도 듣지 않고도 온전히 집중할 수 있는 단계에 이르면 좋겠지만, 그런 부담 자체가 명상을 어렵다고 느끼게 만듭니다. 다양한 음악과 가이드를 시도해보고 나에게 가장 잘 맞는 것을 찾는 게 중요합니다. 오래 수련한 사람이 답을 알려준다 해도 그것은 그 사람의 답입니다. 내가 평온하고 좋은 것이 내게 가장 좋은 방법입니다. 삶이 그렇듯 명상에도 정답은 없습니다.

짧은 명상

하루 10분이 없으면 삶이 없는 것이라고 하죠. 명상할 시간을 내는 것은 나 자신을 위해 베푸는 최소한의 사랑이라고 생각합니다. 하지만 정말 피치 못할 환경에 있어 아침저녁으로 꾸준한 명상이 힘들다면, 내가 시간을 조금이라도 낼 수 있는 때에 명상에 임합니다.

출퇴근길 지하철이나 버스에서 이어폰을 통해 명상 가이드를 들으며 명상하거나, 점심시간 전 10분, 약속 장소에서 상대방을 기다리는 시간 등 평소 같으면 스마트폰을 들여다볼 시간을 명상에 할애해봅니다. 회사에서 스트레스받는 일이 생길 때마다 옥상이나 탕비실에서 짤막한 명상을 하는 분들도 많습니다.

제2부

오늘의 명상

아침을 여는 명상

"요즘 아침에 눈뜨자마자 기분이 좋고
희망에 찬 날이 있었나요?"

저는 사람들을 만나면 이 질문을 즐겨하는 편인데, 대부분 언제 그런 기분을 마지막으로 느꼈는지조차 기억나지 않는다고 대답합니다. 마음이 아프죠. 아마도 학업의 고민도 없던 아주 어린 시절이 마지막이었을지도 모르겠네요. 어린아이들이 아침에 일어나자마자 기분 좋게 집 안 구석구석을 뛰어다니고, 무얼 하고 놀까 고민하는 모습을 보면 우리가 얼마나 우리의 본성으로부터 멀어졌는지 느낄 수 있습니다.

뿌옇게 안개가 낀 듯한 시야, 잠에서 깨는 데 오랜 시간이 걸려 세안과 양치만 겨우 해낼 정도로 멍한 머리, 오늘 하루 어떤 일들이 일어날지 기대되기는커녕 짜증과 피로로 가득한 아침은 대부분의 사람들에게 너무나 익숙합니다. 익숙한 나머지 누구도 비정상이라고 느끼지 못하고 살아갑니다.

특히, 오랫동안 우울감에 젖어 생활한 사람에게는 아침이 하루 중 가장 힘든 시간입니다. 잠에서 깨어난 직후는 우리의 잠재의식에 저장된 모든 정보들이 쏟아져 나오는 때이기도 합니다. 즉 잠재의식에 부정적 생각이나 이미지가 많이 저장되어 있을수록 아침이 무겁겠죠. 저 역시 어린 시절부터 20년 가까이 심각한 우울감에 빠져 살았고, 아침마다 삶을 더 이어나가고 싶지 않다는 생각으로 눈을 떴습니다. 아침에 기분이 좋은 것은 원래 불가능한 일이라 단정 짓기도 했고요. 하지만 지금은 아침만큼 행복하고 기대에 차는 순간이 없습니다. 매일 인생의 새로운 챕터를 써 내려간다는 기분으로 아침을 아주 신나게 열죠.

콩 심은 데 콩 나고 팥 심은 데 팥 난다는 속담이 있습니다. 매일 아침, 나는 어떤 씨앗을 뿌리고 있는지 돌아봅니다. 아침을 무겁고 탁한 마음으로 열었는데 하루의 크고 작은 일상의 조각들이 즐겁게 만들어질

리 만무합니다. 아침부터 찡그린 얼굴로 집을 나서고, 불평과 불만으로 하루를 시작했는데 멋지고 기쁜 일들이 연달아 펼쳐진 적이 있나요? 아마도 없을 거예요. 그렇다면 오늘 하루 나에게 일어나는 일들의 세팅을 내가 할 수 있다면 어떨까요?

사실 '기분'이라는 것은 내가 어떤 것에 집중하는가에 달려 있는 것이지, 속수무책으로 받아들여야 하는 벌 같은 것이 아닙니다. 지금 바로 눈을 감고 내가 좋아하는 것, 사랑하는 반려동물이나 향이 좋은 커피 같은 사소한 것을 떠올려보세요. 순간적으로 기분이 좋아지죠? 하지만 머지않아 오늘 처리해야 하는 업무나 곧 발행될 고지서 같은 것들이 그 좋은 기분을 망칠 겁니다. 이렇게 하루 종일 나의 기분을 관찰해보면, 우리는 거의 항상 외부 자극에 자신의 기분을 맡기고 있음을 깨닫게 됩니다. 가장 좋아하는 것들 몇 가지를 떠올리며 이렇게 짧은 순간 기분이 좋아지는 것이 가능하다는 것을 깨달았다면, 그것을 하루 종일 유지하는 습관을 들이면 됩니다. 그리고 그 시작은 반드시 매일 아침이길 권합니다.

아침에 눈뜨자마자 의식적으로 기분 좋은 것을 떠올

려 무거운 마음을 조금이나마 다스리고 상쾌하게 하루를 열어봅니다. 그날은 분명 평소보다 조금 더 나은 날이 될 겁니다. 그리고 그다음 날을 조금 더 상쾌하게 시작한다면 또다시 어제보다 나은 하루가 만들어지겠지요. 그렇게 삶은 조금씩 나아집니다. 매일의 아침에 기쁨과 미소의 씨앗을 뿌리는 일은 삶이라는 큰 숲에 뿌리가 튼튼한 평온의 묘목을 심는 일과 같습니다.

1

**나에게 힘을 줄 수 있는 마법의 문장 하나를
정해두고, 아침에 눈을 뜨자마자
그 문장을 읊어봅니다.**

내 마음의 무게, 심각성을 덜어주고 마음을
밝게 비춰줄 빛과 같은 내용이면 뭐든 좋습니
다. 제가 좋아하는 문장들은 '정말로 좋은 아침
이네' '오늘은 내 인생의 또 다른 최고의 날이
될 거야' '세상의 좋은 것들이 모두 나를 향하기
시작했어' '오늘 일어나는 모든 일은 값진 경험
이 될 거야' 같은 것들이에요. 한편으로는 '이런
말을 아무리 해봤자 뭐가 달라지겠어?' 하는 의
심의 목소리가 들려올 겁니다. 자연스러운 일이

에요. 자꾸 그런 목소리가 들린다고 포기할 필요는 없습니다. 중요한 것은 내가 원하는 것에 더 집중하고, 그것으로부터 잠시나마 기쁨을 느끼는 연습을 하는 것입니다. 우리의 마음속에는 늘 동전의 양면처럼 상반된 목소리가 공존합니다. 그러나 내가 무엇을 선택하는지가 나의 하루하루를 결정한다는 것을 명심하면 됩니다. 감정을 일으키는 것은 나 자신이고, 좋은 감정을 일으키는 것 또한 연습을 통해 얻어지는 습관이니까요.

2

명상 자리에 편하게 앉아
몸과 마음을 이완합니다.

잠자리에서는 벗어나는 것이 좋습니다. 우리의 뇌는 잠자리에서 수면을 이어가려 할 것이기 때문에 침대 바로 옆이어도 좋으니 나만의 명상 자리를 하나 마련해두세요.

3

호흡을 고르며 명상을 준비합니다.

특정 호흡법을 고집해야 하는 것은 아닙니다. 호흡을 내가 이곳에 존재하고 있음을 느끼는 도구로 삼고, 들숨과 날숨을 차분하게 열 세트 반복합니다. 호흡을 의식하는 것 자체가 어색하다 보니 숨이 부자연스럽게 깊어지기 쉬워요. 내가 원래 숨 쉴 때 가슴이 이렇게 답답했나 하고 놀라기도 합니다. 하지만 억지로 숨을 깊이 쉬려고 하면 어지럼증이나 메스꺼움이 느껴지니 평소의 호흡을 조금만 더 정갈하게 다듬는다 생각하는 선이 적당합니다. 답답함이 느껴지더라도 놀라지 말고, 내가 할 수 있는 호흡을 이어가면 돼요.

4

들숨과 날숨에 따라 내 몸이 정화되는 것을
머릿속으로 그려봅니다.

들숨을 쉴 때마다 맑고 상쾌한 기운, 좋은 에
너지가 내 몸을 가득 채우고 환하게 밝히는 것
을 느껴봅니다. 그리고 날숨을 내쉴 때는 몸에
쌓인 피로, 미래에 대한 걱정 등 안 좋은 에너지
가 호흡을 통해 빠져나가는 것을 느낍니다. 이
것을 반복하는 것만으로도 기분이 한결 나아집
니다.

5

눈이 아닌 나의 의식으로
몸 구석구석을 관찰해봅니다.

내 몸의 어디가 불편하지는 않은지, 어제보다
더 뻐근하거나 느끼지 못했던 통증은 없는지

천천히 살펴봅니다. 발가락, 발등, 발바닥, 복숭아뼈, 발목… 이런 순서로 차근차근 올라오셔도 좋습니다. 불편한 부분이 있다면 날숨을 통해 불편함을 내보낸다는 마음으로 잠시 호흡에 집중해봅니다. 몇 번 반복하다 보면 묵직했던 부분이 조금은 가벼워지는 것을 실감할 수 있습니다.

6

나를 기쁘게 하는 장면들을 떠올려봅니다.

절로 입꼬리가 올라가는 기억들을 떠올립니다. 저는 가장 자랑스러웠던 순간이나 가장 행복했던 순간 등을 떠올리곤 합니다. 출산 경험이 있다면 아기와 처음 만난 순간을 떠올려도 좋고, 직장인이라면 첫 월급을 받은 날도 좋겠죠. 꼭 타인에게 자랑스럽고 행복할 만하다고 인정받을 기억일 필요는 없습니다. 혹시 자랑스럽거나 행복한 순간이 없었다면 좋아하는 것을 떠올려보세요. 생각만 해도 기분이 좋아지는 것조차 없다면 나 스스로를 너무 돌보지 않았다는 증거입니다. 거울 속 나의 눈을 보며 '미안해, 사랑해, 고마워'라고 말해주고 오늘부터 내가 무엇을 좋아하는지 찾아보면 어떨까요?

7

**기쁜 순간들을 떠올리며
미소를 가득 머금고 스스로에게 말합니다.**

"지금 이 기분이 오늘 나의 하루를 비춰줄 거야. 모든 것은 내 마음에 달렸음을 기억하고 하루를 가뿐하게 시작하자!"

그리고 세안을 하러 들어가 거울에 비친 내 얼굴을 마주하면 밝게 웃어주는 습관도 꼭 가져보시길 바랍니다.

저녁에 하는 마음 목욕 명상

"매일 얼굴을 씻고 이를 닦듯
우리의 마음에도 명상이 필요합니다."

　명상에 대해 이야기할 때 저는 늘 '매일 아침저녁으로 세수와 양치를 하듯, 마음도 깨끗이 닦아주어야 한다'고 표현해요. 당연한 일이지만 평생 안 하고 살아온 일이죠. 그래서 전 아이가 아직 어리지만, 저녁이면 한 번씩 호흡을 고를 수 있도록 도와줍니다. 어릴 때부터 습관으로 만들어두면 어려움 없이 해나갈 수 있을 테니까요. 아이는 눈을 질끈 감고 때때로 피식 웃기도 하지만 제법 잘 따라해요. 엄마가 하는 것을 보아서인지 어색하지 않게 인식하는 것 같습니다.

　아침 명상으로 하루를 맑게 여는 삶을 시작했다면,

저녁에 하는 명상을 익혀보면 어떨까요. 하루를 돌아보고 몸과 마음의 짐을 내려놓는 습관을 들이면 저녁 시간의 질이 한껏 높아질 거예요. 우리가 무언가를 습관으로 만드는 데 21일이 걸린다고 하죠. 내 몸을 피곤하게 만드는 음식을 먹고, 좋지 않은 자세로 텔레비전을 보며 의식 없이 저녁을 보내는 대신, 지친 몸과 마음을 고요히 바라보고 오늘 나 자신에게 해줄 수 있는 것이 무얼까 돌아보는 시간을 딱 21일만 꾸준히 가져보면 어떨까요. '아 몰라! 그냥 누워 있고 싶어!'라는 생각이 올라오면 그만큼 힘들었다는 것이니 그 또한 있는 그대로 인정해주고요. 스스로 게으르다고 질책하는 것이 아니라, 힘듦을 인정하되 심호흡 한번 하고 잠시 앉아 나를 돌보는 마음을 내어보는 거예요. 고생한 내 마음에게 15분은 할애할 수 있으니까요.

그렇다면 저녁 명상은 언제 하는 것이 좋을까요? 배가 부른 상태에서는 음식이 마음을 어지럽힐 수 있으므로 식후 명상은 피하는 것이 좋아요. 또, 예민한 사람에게는 잠들기 직전의 명상을 추천하지 않습니다. 제가 잠들기 직전의 명상을 강하게 추천하지 않는 이유는 그 결과가 극단적으로 다르기 때문인데요. 수면

직전 명상을 하면 평소보다 숙면을 취하는 사람도 있지만, 밤새 악몽에 시달리는 사람도 적지 않아서예요. 후자의 경우, 명상을 통해 뇌가 각성되어 깊은 잠을 방해합니다. 그래서 저는 저녁 식사 전이 가장 좋다고 생각해요. 명상 후 밥을 먹으면 조금 더 신경 써서 먹게 되기도 하고요. 하지만 저마다 생활 패턴이 다르니 알맞은 시간을 정해야 합니다. 다만, 더 나은 집중과 비움을 위해 배가 부른 상태만큼은 피하자고 한 번 더 강조하고 싶네요.

바쁜 일과를 지내는 중, 퇴근 후 따뜻한 목욕물에 아로마 솔트를 조금 넣어 피로를 녹이는 상상을 해봅니다. 코끝에 머무는 부드러운 향기와 온기가 몸의 긴장을 풀고 순환을 도와준다고 상상하는 것만으로도 잠시 행복해지지 않나요? 바로 그 마음을 명상을 통해 얻는 거예요. 단 10분, 15분의 집중으로 나 자신과 좀 더 긴밀히 소통하고, 감사의 에너지 샤워를 누려보세요. 여기에 반신욕이나 셀프 마사지까지 곁들이면 금상첨화겠죠.

1

**15분 정도 집중할 수 있는
명상 자리에 앉습니다.**

편한 옷으로 갈아입고, 앉은 자세로 임합니다. 명상 중에는 몸의 순환이 원활해야 하기 때문에 바르게 앉은 자세가 가장 좋습니다. 가벼운 스트레칭을 해보고 피곤해진 몸도 잠시 이완해줍니다.

2

**눈을 감고 호흡 감각에 집중하며
잠시 마음을 비웁니다.**

'하나, 둘, 셋, 넷, 하나, 둘, 셋, 넷' 하며 들숨과 날숨을 세어보아도 좋습니다. 규칙적인 호흡에 잠시 집중하면서 고요해지는 마음을 바라봅니다. 잡생각이 들어도 개의치 않고 다시 호흡으로 돌아와 집중합니다. 차분하게 오늘을 돌아볼 준비가 되었다는 생각이 들 때까지 이어갑니다.

3

오늘을 지낸 나의 마음을 돌아봅니다.

아침에 어떤 기분으로 눈을 떠서 어떻게 하루를 살았는지, 어릴 적 일기를 쓰듯 돌아봅니다. 나의 마음가짐이 어땠는지, 어떤 일들이 일어났는지 돌아봅니다. 크고 작은 사건들이 일어날 때마다 내 마음이 어떻게 반응했고 내 감정은 어땠는지 떠올려봅니다.

4

마음을 무겁게 한
감정이 있었는지 확인합니다.

속상하거나 억울한 감정, 슬프거나 우울한 감정이 있었는지 돌아봅니다. 순간순간 어떤 감정이 올라왔고, 어떻게 커지고 작아졌는지도요. 그 감정을 상대하기 싫어서 묻어버리진 않았는지, 억누르진 않았는지도 꼭 확인해봅니다. 억누른 감정이 있었다면 왜 그렇게 했는지, 꼭 그렇게 해야 했었는지 생각해봅니다. 반대로 사소한 일을 확대 해석하거나 과거의 상처를 꺼내어 부풀리지 않았는지도 돌아보고요. 이 과정을 매일 반복하면 나 스스로 어떤 감정의 패턴을 갖고 살아가는지 파악할 수 있어요.

기쁘고 감사한 일들을 돌아봅니다.

오늘 내가 누린 기쁨과 행복에 대해서도 돌아봅니다. 부족한 것에 더 집중하는 대신 감사할 일이 얼마나 많았는지를 생각해보는 것이죠. 길가에 서 있던 나무들, 환하게 웃어준 동료, 음식점의 친절한 점원, 마음까지 맑아질 정도로 깨끗했던 공기…. 얼마나 많은 것들이 나를 축복해주었는지 되새겨보세요. 입꼬리를 올리고, 하늘에서 빛 알갱이가 잔뜩 쏟아져 내려오는 '감사의 샤워'를 느껴봅니다. 그리고 종일 나를 지나치고 나와 이야기한 모든 사람들을 한 명씩 떠올리며 축복의 마음을 보내줍니다. '축복합니다. 행복하세요'라는 말과 함께 그들의 웃는 얼굴을 떠올리는 정도면 충분해요. 그리고 타인에게 보내는 따뜻한 마음으로 내 가슴도 따뜻해지는 것을 바라보세요.

6

몸에 불편한 부분이 있는지 살펴봅니다.

어깨나 목이 불편하진 않은지, 배가 단단하게 굳어 있지는 않은지, 발끝부터 정수리까지 차근차근 내 몸을 스캔합니다. 바깥 활동으로 인해 만들어진 원인 불명의 통증도 있을 수 있죠. 불편한 부분이 있다면, 앞서 만난 빛의 알갱이들을 그 부분에 보낸다는 마음으로 숨을 들이쉬고, 크고 세차게 내쉬며 탁한 기운을 내보냅니다. 몇 차례 반복하며 몸을 이완합니다.

7

천천히 명상을 마칩니다.

비워낸 가슴에 내일 떠오를 아름다운 태양을 기다리는 희망을 차곡차곡 담습니다. 그리고 천천히 의식을 돌려와 명상을 마칩니다.

통증을 완화하는 셀프 힐링 명상

"내 몸의 주인은 나 자신입니다."

요즘 같은 첨단 과학의 시대에 다양한 전자기파의 간섭을 받지 않고 살기란 거의 불가능하죠. 전자 기기는 우리에게 많은 편리함을 안겨주지만, 여기에서 나오는 전자기파는 우리 몸을 구성하는 세포를 병들게 합니다. 강한 전자기파 안에서 머문 후에는 전자기파로부터 최대한 떨어져 있는 시간을 충분히 가져서 몸과 마음, 정신에 휴식을 주어야 합니다. 그러나 여가도 전자 기기와 함께 보내는 우리에겐 말처럼 쉽지 않죠. 이 같은 현대인의 라이프 스타일은 생각보다 많은 질병을 야기하지만, 미디어에서 집중적으로 다뤄지지 않으니 잘 알지 못하고 지내는 게 사실이에요. 그럼에도 전자기파가 얼마나 우리를 병들게 하는지에 대해서는 지속적으로 연구되고 있죠.

현대인의 신체 활동 대부분이 두뇌를 통해 이뤄지고, 몸에서 사용되는 에너지의 상당 비율이 두뇌 활동에 쓰인다는 점도 눈여겨봐야 합니다. 우리는 다양한 형태의 정신 노동을 할 뿐만 아니라 일터를 떠나서도 인간관계나 경제적 문제를 고민하느라 두뇌를 혹사시키곤 해요. 많은 사람들이 만성 두통에 시달리는 것도 이상할 게 없죠. 게다가 좋지 않은 자세로 생활하다 보니 몸 이곳저곳이 근육통이며 신경통에 시달립니다. 우리 몸을 움직이는 에너지는 인체 전반에 고르게 존재해야 하지만, 한 부분에서 과도하게 사용되거나 반대로 고갈되면 문제가 일어납니다. 정체가 되기도 하고요.

혈관과 림프가 우리 몸 구석구석까지 뻗어 영양분과 노폐물을 부지런히 나르듯 에너지가 흐르는 길도 비슷하게 존재해요. 이 '에너지의 길'은 한의학을 비롯해 다양한 문화권의 전통 의학에서 주요하게 다루어져왔습니다. 요가를 꾸준히 하는 것만으로도 혈색이 좋아지고 빛이 나는 사람들을 본 적이 있을 거예요. 요가와 같은 수행을 통해서도 에너지의 흐름을 다스릴 수 있답니다.

어린 시절, 저는 아프지 않은 곳이 없다고 할 만큼 건강 문제를 잔뜩 안고 살았습니다. 마음의 병이 크니 몸 또한 병들 수밖에 없었죠. 그중 특히 심했던 것이 두통이었는데, 두통이 없는 날이 하루도 없을 정도였답니다. 그 날카로운 통증 때문에 수업 시간에 비명을 지르고 스스로 깜짝 놀라 얼굴을 붉힌 기억도 있어요.

우리나라에서 유명하다는 병원들을 전전하며 뇌 MRI까지 찍어보았는데도 통증의 원인은 물론 개선할 방법을 찾지 못했습니다. 유일하게 도움이 된 것은 처방받은 진통제 정도였죠. 괴로워하는 저를 보던 부모님이 어느 날 '명상을 해보는 게 어떨까?' 하고 말씀하셨어요. 갓 사춘기에 들어선 제게 명상은 난해하게만 느껴지고 멋있어 보이지도 않았지요. 그래서 그 말을 듣자마자 '그게 뭔데? 그걸 왜 해?' 하고 대답했죠. 하지만 통증에서 벗어나고 싶은 절박함 때문이었을까요. 바로 그날이 난생처음 명상이란 것을 저 나름의 방법으로 해본 날이 되었습니다.

그저 아픈 곳에 빛을 보내고, 숨을 쉬며, 좋은 것을 들이고 나쁜 것을 내보내라는 조언 하나만 가지고 시작한 명상이었죠. 그런데 몇 년을 해보아도 정말 그게 다였답니다. 어려울 것이 없으니 이걸 왜 이제 알게 되었나 싶었죠. 실제로 통증이 완화되고 머리가 맑아지는 것을 경험하자 그 이후로는 자연스레 명상에 의지하게 되었어요. 근육통이 느껴질 때도 그 통증을 가만히 바라보며 계속해서 밝고 환한 빛을 보내주었는데, 그러다 보면 한 번씩 더 큰 세상, 드넓은 우주와 강하게 연결된다는 느낌도 받았습니다. 생각을 잠재우고 내면과 소통하는 법을 익히는 일반적인 명상은 아니었지만, 제게는 일종의 마법 지팡이처럼 느껴져 몸이 아플 때마다 활용하곤 했습니다.

통증을 완화하는 명상을 할 때 기본이 되는 것은 역시 호흡이에요. 들숨은 생명 에너지를 내 몸에 전달하며 광활한 우주의 기운을 받아들이는 통로가 되어준다고 생각하면 돼요. 날숨은 탁한 기운, 질병이나 부정성의 에너지 배출을 도와주며 널뛰는 마음을 차분하게 가라앉혀주고요. 이것만 기억해도 그때그때 몸에서 일어나는 통증을 다스리기가 훨씬 수월해질 거예요. 세부적인 사항은 각자의 몸에 맞게, 자신이 편한 방향으로 정하면 되겠죠? 삶의 모든 것이 그렇듯 명상에도 정답이 있는 것은 아니니까요. 가이드에 따라 시작하되 기초적인 것에 익숙해지면 자신에게 가장 좋은 것을 선택합니다. 편안해지는 것이 목적이 되어야지, 명상 가이드를 완벽하게 이행하는 것이 목적이 되어서는 안 되니까요.

1

통증이 더해지지 않을 정도의
편안한 자세를 취합니다.

집처럼 편안한 장소라면 몸을 조이지 않는 옷으로 갈아입고 천장을 바라보고 편히 눕습니다. 누울 수 없다면 최대한 편안한 자세를 취합니다. 바르게 앉는 것이 힘들 정도로 몸이 불편하다면 차라리 서는 것이 나을 수도 있어요.

2

잠시 호흡에 집중하며 몸 전체를 이완합니다.

호흡 고르기는 명상에 들어가기 전 내 몸과 마음, 정신에 보내는 신호입니다. 편안하게 호흡을 고르며 집중을 시작합니다.

3

정수리를 통해 들어오는 빛을 느껴봅니다.

우리가 발전소에서 전기를 공급받듯, 우리 몸을 구성하는 에너지를 공급하는 빛의 원천이 우주 어딘가에 있다고 생각해보세요. 그리고 정수리를 통해 그 에너지를 공급받는 겁니다. 정수리에 물리적으로 강력한 자극이 느껴지는 경우도 있지만, 지금의 단계에서 중요한 일은 아니므로 빛의 통로 정도만 떠올리며 다음 단계로 이어갑니다.

4

통증이 있는 부위에 빛을 전합니다.

숨을 들이쉬는 동안 위에서 내려온 빛이 이동하고, 숨을 내쉴 때 그 빛이 더 강해지며 탁기가 빠져나가는 것을 느낍니다. 이 과정을 반복하며 천천히 통증이 있는 부위로 의식을 옮겨갑니다. 예를 들어 머리에 환한 빛을 퍼트린 후 날숨과 함께 탁한 기운을 내보내는 연습을 하거나, 통증이 있는 부위에 치유의 빛을 지속적으로 보내 기운을 정화해봅니다. 세세한 방법은 자신에게 가장 효과적인 것으로 하면 좋습니다.

하지만 미간이나 눈 주변에는 힘이 들어가지 않도록 합니다. 빛을 심상화하려고 눈 근처에 무의식적으로 힘을 주는 경우가 있는데, 두통이 있을 때 미간이나 눈 쪽에 긴장을 가하면 통증이 심해질 수 있습니다. 빛을 상상하되 긴장하지 않도록 합니다.

5

심상화가 어렵다면 호흡에만 집중합니다.

빛을 받아들이고 보내는 것을 심상화하기가
어렵다면 호흡을 통해 좋은 기운을 들이쉬고 나
쁜 기운을 내쉬는 연습에만 집중합니다.

6

언제든 어디든
필요할 때 필요한 곳에 활용합니다.

통증이나 불편함이 느껴질 때마다 이 명상을
수행해보세요. 아무리 사람이 많고 북적대는 장
소에 있다 하더라도요. 스스로 통증을 다스리는
것에 익숙해지고 이러한 힘을 자유자재로 활용
하게 되면 내 몸이 온전히 나에게 달려 있음을
깨닫게 되고, 육체의 고통이 야기하는 스트레스
를 해소할 수 있습니다. 처음에는 30분, 1시간

걸리던 것이 5분까지 단축된다면 부작용 없는 진통제를 늘 지니고 있는 셈이 되겠죠?

태아와 연결하고 불안을 해소하는 확언 명상

"모든 엄마는 이미 완전합니다."

여성에게 임신과 출산의 과정은 특별한 경험입니다. 다들 비슷한 신체의 변화를 겪고 비슷하게 출산을 하지만 자신의 인생에서만큼은 다른 어떤 경험과도 비교할 수 없는 소중한 시간이죠. 하지만 아기를 기다리는 시간이 즐겁기만 한 것은 아닙니다. 어서 아기를 만나고 싶은 설레는 마음은 때때로 가보지 않은 길에 대한 막연한 공포에 잠식됩니다. 실제로 많은 예비 엄마들이 두려움과 불안으로 힘들어합니다.

임신과 출산에 대해 다양한 플랫폼을 통해 쏟아지는 정보를 보면, 그야말로 정보의 홍수라는 말이 제격인 것 같아요. 예비 엄마들 사이의 소통도 활발하고 커뮤니티도 잘 형성되어 있지요. 하지만 모든 편리에 일장일단이 있듯, 지나치게 많은 정보로 인해 더 큰 불안에 휩싸이거나 혼란을 느끼는 예비 엄마들도 있습니다. 우리 시대의 예비 엄마들은 안정기에 접어들면 태교 여행을 떠나 여행에 대한 욕구도 미리 해소하고, 볼록한 배를 기념하고자 만삭 촬영도 하죠. 출산 후 회복기를 위해 산후조리원 리서치도 열심히 하고요. 이전 시대의 어머니들은 요즘 임신부들을 보며 세상 참 좋아졌다고 느끼실지도 모릅니다. 하지만 예비 엄마 스스로의 마음을 돌보는 시간은 오히려 부족해지는 것 같습니다. 사실은 내적 돌봄이 훨씬 많이 필요한 시기인데 말이죠.

많은 예비 엄마들이 처음 겪는 신체적, 정신적 증상들에 대해 불안을 호소합니다. 심적 부담으로 인한 악몽에 시달리는 일도 흔하지요. 임신 후기로 갈수록 불면증도 심해지고, 몸이 불편해지니 마음도 울적해지고요. 자신의 어머니와 풀지 못한 마음속 숙제를 가진 예비 엄마는 '나는 나의 엄마와는 다른, 좋은 엄마가 될 거야' 하는 욕심에 자기 자신을 옥죄기도 합니다. 반대로 어머니에 대한 사랑과 존경이 넘치는 예비 엄마는 '나의 엄마처럼 좋은 엄마가 될 수 있을까?' 하며 의기소침해지기도 하지요. 어떤 환경에서든 모든 여성은 좋은 엄마가 되고 싶다는 소망을 품는 것 같아요. 그래서 자신이 그 기준에 미치지 못할까 봐 불안해지는 것이고요. 이렇게 많은 마음의 변화가 일어나는 9개월 동안 불안정한 나의 내면을 돌보고 아기와 연결하는 것에 더 많은 시간을 할애하면 어떨까요?

저는 임신 기간 내내 일을 하느라 무척 바빠 특별히 쉬지도 못했고, 꾸준히 했던 운동을 제외하면 별다른 태교를 하지도 못했어요. 그럼에도 신체적으로나 정신적으로 괴로움 없이 평온하게 출산을 해서 늘 감사하게 생각합니다. 물론 저에게도 엄마가 된다는 것은 두려운 일로 느껴졌습니다. 그래도 걱정이나 불안이 일어나는 즉시 해소하고, 아이과 연결하는 일에 늘 집중했어요. 나를 진정시켜주는 마법의 확언을 몇 가지 정해두고 늘 반복해서 외며 안정을 유지했죠. 그렇게 즐거운 마음으로 9개월을 보낼 수 있었습니다. 그 과정을 통해 나의 평온이 아이의 평온으로 연결된다는 것을 여실히 느꼈기에 내 안의 평온을 더욱 소중히 여기게 된 것 같습니다. 지금 돌아보아도 그 시간이 참 귀하네요.

좋은 음식, 순한 화장품, 멋진 여행도 좋지만 배 속의 아기에게 가장 중요한 것은 엄마의 편안한 마음가짐이라고 생각해요. 아기와 엄마는 탯줄로 연결된 것 이상으로 굉장히 긴밀하답니다. 아기가 출생 후 엄마와 자신이 완전히 분리된 존재라는 것을 인식하는 데에 6개월 이상이 걸린다는 걸 아시나요? 아기의 입장에서는 탯줄이 잘린다고 해서 엄마와의 연결이 즉시 끊어지는 게 아니랍니다. 그러니 아기와 엄마가 물리적으로도 함께인 임신 기간에는 얼마나 긴밀할까요? 임신부에게 가장 해로운 것이 '스트레스'인 이유가 여기에 있습니다.

가끔은 그 긴밀함이 부담스럽기도 했습니다. 하지만 그 시간이 두 번 다시 없을 소통의 기회이기에 잘 활용해보자고 마음먹고 긍정적인 면에 집중했습니다. 모두에게 그러하듯 저에게도 엄마라는 역할은 처음이었어요. 하지만, 지속적인 확언 명상을 통해 '임신과 출산의 과정에서 일어나는 모든 일들은 내가 컨트롤할 수 있고, 아기도 나도 안전하다'는 확신을 자연스레 갖게 되었죠. 혹시 배 속 아기가 잘못된 것은 아닌지 걱정에 사로잡히는 예비 엄마들도 많습니다. 병원에 가서 확인해보지 않아도 내 안에서 평온과 안전을 찾을 수 있다면 얼마나 좋겠어요? 이렇게 얻게 된 확신은 아이를 낳고 키우는 낯선 과정에서도 쭉 이어진답니다.

1

**내게 가장 잘 맞는 확언을
몇 가지 만들어둡니다.**

마음에 와닿고 편안함을 주는, 혹은 나의 마음을 사랑으로 차오르게 하는 표현이 저마다 있을 거예요. 또 임신 초기와 중기, 후기에 생겨나는 걱정과 불안이 각기 다르니 그때그때 필요한 확언을 정해 적어둡니다.

확언은 '나는 ~한다' '나와 아기는 ~하다' '나의 출산 경험은 ~하다' '나는 ~임을 알고 있다' '내 몸도 ~함을 알고 있다'와 같은 형식의 문장으로 구성합니다. 현재형으로 하는 것이 마음에 조금 더 강하게 와닿아요. 임신 중 할 수 있는 확언의 예시를 몇 개 적어보았습니다.

- 나는 임신 과정의 모든 일을 컨트롤할 수 있다.
- 내 몸에 일어나는 모든 일은 자연스럽고, 내가 견딜 수 있는 것들이다.
- 내 몸은 출산의 과정을 이미 알고 있다.
- 임신과 출산 과정에서 일어나는 모든 일은 자연스럽고 순조롭게 흘러간다.
- 출산은 나와 아기 모두에게 안전한 과정이다.
- 나의 아기는 가장 완벽한 시간에 나와 만나게 된다.
- 나는 주변인들이 제공하는 모든 도움을 감사히 기꺼운 마음으로 받아들인다.
- 나는 지금 이대로 이미 좋은 엄마다.
- 나는 우리 아기를 사랑하고 우리 아기는 나를 있는 그대로 사랑한다.
- 나는 모든 과정을 순조롭게 지날 수 있을 만큼 이미 강인하다.
- 진통은 나와 아기를 만나게 해주는 고마운 과정이다.

- 내가 아기를 위해 내리는 모든 결정은 알맞은 결정이다.
- 나의 임신한 몸은 아름답다.
- 아기는 나의 몸으로부터 최상의 양분을 제공받는다.
- 아기는 내가 이 순간 느끼는 평온을 온전히 받아들이고 느낀다.
- 나와 우리 아기는 세상의 사랑으로 둘러싸여 있다.
- 나는 우리 아기를 믿고, 우리 아기는 나를 믿는다.

2

**양손으로 배를 따뜻하게 감싸고,
손바닥의 감각을 통해
아이와 연결됨을 느낍니다.**

아침에 눈뜬 직후, 혹은 잠들기 전 침대에 누운 채로 해도 좋습니다. 필요한 경우 좋아하는 잔잔한 음악을 틀어두고 해도 좋아요.

3

**호흡을 고르게 하고,
좋아하는 확언 네다섯 가지를
천천히 되뇝니다.**

들숨과 날숨의 박자에 맞추어 단어의 느낌에
집중하면 좋습니다. 입꼬리를 살짝 올린 채로
진행하면 마음의 안정에 훨씬 도움이 됩니다.

4

원하는 만큼 자주 행해도 좋습니다.

모든 명상이 그렇듯 내적 불안이 심할 때마다
활용해도 좋지만, 매일매일 잊지 않고 하기 위
해 눈 뜬 직후나 잠들기 직전 중 한 시점을 골라
습관으로 만들도록 합니다.

나를 안아주는 자기사랑 명상

"자기사랑은 스스로의 모든 것을
있는 그대로 수용하는 거예요."

나 자신을 사랑하는 것에 대해 어떻게 생각하세요? 자기 자신을 사랑하는 사람은 이기적이고 철이 덜 든 사람일까요? 우리는 오랫동안 그렇게 생각하도록 교육받았습니다. 내가 좋아하는 것보다 상대방이 좋아하는 걸 궁리해야 하고, 이해가 안 돼도 부모님 말씀이니 따라야 하고, 심지어 산타 할아버지도 말 잘 듣는 아이들에게만 선물을 준다고 합니다. 내가 아무리 힘들어도 타인을 위해 참고 희생하는 것이 아름다운 거라 착각하죠. 그러는 사이 우리는 조건 없이 나를 사랑하는 법을 깨끗이 잊고 말았는지도 모릅니다.

어린아이들에게 '잘했어'라는 말은 '사랑해'와 같게 들립니다. '아이 착해, 우리 딸'이나 '멋지다 우리 아들!'도 마찬가지죠. 그래서 아이들은 모든 종류의 칭찬을 통해 사랑받고 있음을 확인하고 싶어서 본능적으로 칭찬을 들을 만한 행동을 합니다. 반대로 '넌 왜 이모양 이 꼴이니?' '내 말 못 알아듣니?' 혹은 '넌 정말자기 멋대로구나' 같은 말은 '널 사랑하지 않아'로 들리죠. 아이의 그릇된 행동을 꾸짖는 것이라 해도 양육자가 감정적으로 훈육하면 아이는 자신의 행동이 아닌 자신의 존재 자체가 잘못되었다고 느낍니다. 그렇게 자기 자신을 향한 조건부 사랑을 배우게 됩니다. 엄마와 아빠의 '기준에 부합하는 무언가'를 잘해야, 혹은 엄마와 아빠가 좋아하지 않는 '잘못된 무언가'를 하지않아야 사랑받을 수 있다고 생각하죠.

지금의 절 아는 사람들은 상상이 안 된다고 하지만, 저는 자기혐오가 강한 사람이었습니다. 아주 어린 시절에는 땅만 보고 걸을 만큼 쭈글쭈글한 아이였고요. 다행히 성장하면서 크고 작은 성취를 통해 그 모습에서는 조금씩 벗어났지요. 덕분에 겉으로는 꽤 자신감 있는 사람으로 보였을 겁니다. 대학을 다닐 즈음엔 제가 하는 일들에 대해 늘 자신감이 넘치기에 이르렀죠. 하지만 그건 학업이나 업무에 대한 자신감일 뿐, 내적으로는 인간으로서의 나 자신을 너무 낮게 평가했어요. 시간이 흐를수록 스스로에 대한 환멸이 커져갈 뿐 나아질 기미가 보이지 않았죠. 자신의 단점에만 포커스를 맞추는 사람들의 뇌는 늘 그 단점을 증명해줄 증거만을 찾기 때문에 쉽게 나락으로 빠집니다.

친구들에겐 참 쉬워 보이는 '스스로에게 관대하기'가 저에게는 어찌나 어렵던지요. 일상에서도 업무를 처리하듯 꼼꼼하고 까다로운 어머니를 보며 자라서인지 스스로 더 나은 상태를 요구하는 것에 도가 지나쳤던 것이죠. 급기야는 극도의 스트레스에 노출되거나 분노 조절이 되지 않을 땐 나 자신을 해치는 일까지 일삼게 되었어요. 저는 정신과 약을 복용해본 적이 없어요. 대신 폭식이나 과음 같은 건강하지 않은 도구들로 고통에서 일시적으로 벗어나는 습관을 일찍부터 지니고 있었지요. 꼬리에 꼬리를 물고 이어진 자기파괴적 행동이 결국 자해로까지 이어진 거예요. 증상이 심했을 땐 거의 매일 제 몸에 스스로 상처를 냈답니다. 그래야만 잠이 오는 날도 있었죠. 상처가 나면 우리 몸은 일시적으로나마 통증을 완화시키기 위해 아드레날린을 분비해요. 아드레날린 샤워로 마음을 이완하는 습관에서 벗어나기가 참 쉽지 않았습니다.

하지만 영영 고치지 못하는 문제란 없더군요. '나는 태어날 때부터 이상한 사람이야'라는 고정관념에서 벗어나 내가 가진 문제들을 고쳐보자는 결심을 하기까지 20년이 넘게 걸렸습니다. 스스로에게 지쳐 자기파괴적 행동을 그만두고 싶다고 느낀 그날, 저는 직관적으로 어린 시절 앨범을 꺼내 들었어요.

앨범을 펼치고 얼마나 울었는지 몰라요. 앞이 보이지 않을 만큼 눈물이 쏟아졌어요. 그렇게 해맑게 웃고 있는 아이가 바로 지금의 나인데, 어째서 이 아이와 지금의 나는 이렇게도 다르게 느껴지는 것인지… 사진 속 아이는 지금 보아도 참 예쁜데, 지금의 나 자신은 왜 이렇게 혐오스러운 것인지… 이해가 되지 않았습니다. 나 자신에게 미안하다는 말을 수백 번 되풀이하며 통곡한 기억이 지금도 생생하네요. 그리고 어린 시절 사진을 핸드폰 카메라로 여러 장 촬영해 저장해두고 자주 보는 습관을 만들었어요. 핸드폰 바탕화면으로 설정해두니 친구들이 나르시시스트냐며 놀리기도 했답니다.

나 스스로를 미워하려는 예전의 습관이 고개를 들 때마다, 아랫니밖에 없는 잇몸을 드러내고 해님처럼 웃는 아기 정민이의 사진을 보았습니다. 그런 아이에게 저는 감히 고통스러운 폭식을 강요할 수도, 물리적 상처를 낼 수도 없었죠. 그 아이에게는 세상에서 가장 좋은 것들을 누리도록 허용해주고 싶었으니까요. 내가 나 자신을 응원해도 모자랄 판에 매일 미워하고 벌하고 있었다니, 그 아이에게 미안한 마음에 어떤 날은 사진을 보기만 해도 눈물이 났어요.

시간이 조금씩 흐르면서 나는 여전히 그 솜털같이 여리고 고운 아이의 모습 그대로라는 게 조금씩 실감 났습니다. 오랫동안 나 자신을 무의식적으로 벌하려 한 것이 부족한 자기사랑으로 인한 것이었음도 알게 되었습니다. 그러자 울고 싶다는 마음이, 과거의 상처로 인해 여전히 아프다는 마음이 더는 수치스럽게 느껴지지 않았어요. 오히려 나의 감정 하나하나가 소중하고 귀하게 느껴졌죠. 이 소중한 아이를 위해 내가 조금 더 힘을 내야겠다는 생각이 들었고요. 내가 지내온 시간 동안 생긴 상처들이 나라는 사람을 소중하고 여린 존재로부터 단절시키고 있었던 거예요. 험한 세상의 풍파가 그렇게 만든 것이죠. 그래서 험한 세상에게 감사하게 되었답니다. 그 풍파가 없었다면 그런 깨달음은 절대 얻지 못했겠죠.

노인이 되어서도 아이처럼 해맑은 모습을 간직하는 분들을 미디어를 통해서라도 보신 적이 있을 거예요. 보통 노인들은 치아가 많이 없기 때문에 정말 아기와 같은 모습일 때가 많죠. 그렇게 맑은 분들은 모두 각자의 삶에서 진실된 내적 행복을 찾은 분들이라고 생각해요. 우리가 그렇게 저마다의 감정을 소중히 여기며 순수하고 맑은 마음으로 살아가다 보면 '이렇게 각박하고 힘든 세상'이 아니라 '내 마음과 같이 따뜻하고 평화로운 세상'이 펼쳐질 거라고 믿습니다. 모든 사람이 스스로를 있는 그대로 수용할 줄 안다면, 타인을 미워하거나 공격할 일도 없겠지요.

1

조용하고 편안한 장소에 앉아 눈을 감습니다.

누구에게도 방해받지 않을 장소면 더 좋아요.
자연스럽게 눈물이 날 때도 많기 때문에 주위와
단절된 개인적인 공간이 낫다고 생각합니다.

2

잔잔한 음악이나 자연의 소리를 재생합니다.

집중을 도와줄 서정적 멜로디나 잔잔한 자연
의 소리를 들어봅니다. 배경음악인 만큼 가사가
없는 곡이 더 좋아요.

3

아름다운 들판, 그 가운데에 선
어린 나를 떠올려보세요.

내가 상상할 수 있는 가장 아름다운 들판을 머릿속에 그려봅니다. 아름다운 하늘 아래 푸른 풀밭과 총천연색의 꽃과 나비들…. 호수가 있다면 빛나는 윤슬을 바라보세요. 상처받기 전, 어린 날의 내 마음만큼 곱고 예쁜 이곳에 혼자 덩그러니 서 있는 어린아이를 바라봅니다. 아이가 어떤 감정을 느끼고 있는지, 어떤 모습인지 미리 정해두지 않고 아주 천천히 다가갑니다.

4

아이와 눈높이를 맞춰주고
하고 싶은 것들을 해줍니다.

아이를 만나게 되면 일단 꼬옥 안아줍니다.

그리고 다리를 구부리고 앉아 아이에게 눈높이를 맞춰주세요. 아이가 어떤 상태인지, 어떤 표정으로 나를 바라보는지 그저 보이는 대로 받아들입니다. 손을 잡고 걸어도 좋고, 아이가 하고 싶어하는 것을 해주어도 좋아요. 주머니에서 사탕이나 초콜릿을 꺼내 건네고, 갖고 싶어하는 것이 있다면 마법사처럼 무엇이든 만들어줍니다.

5

사랑을 나누어줍니다.

두 손을 따뜻하게 잡아주고, 눈을 맞춘 상태로 말해줍니다. '네가 어떤 감정을 느끼든 나는 정말로 모두 이해해. 너는 세상에서 가장 소중한 존재란다. 앞으로는 누구도 널 함부로 대하지 않을 거야. 속상한 일이 있으면 꼭 내게 이야기해. 언제든 달려와서 들어줄게' 하고요. 아이가 싫다고 말해도 나는 언제나 그 아이 곁을 지

킬 것임을 알려줍니다. 마음이 아직 굳게 닫혀 있다면 그 말을 쉽게 믿지 않을 수도 있어요. 하지만 이 과정을 여러 번 반복하면 아이도 마음을 열고 조금씩 웃게 됩니다. '어린 나'에게 위로가 될 말들을 조곤조곤 나누어주세요.

6

천천히 명상을 마칩니다.

내 가슴속에 솜털같이 연약한 아이로 남아 있는 내가 어느 정도 위안을 얻었다고 생각되면 다음에 또 만나기로 약속하고 천천히 의식을 현실로 돌려옵니다. 무엇보다 중요한 것은 그 아이가 바로 나라는 것을 스물네 시간 기억하는 것이겠죠? 가슴에 남는 여운을 간직하고, 일상에서도 자신을 소중히 대하려는 노력을 잊지 마세요. 내가 나를 소중히 여기는 습관이 생기면 세상도 나를 소중히 대하기 시작한답니다.

과거의 상처를 돌보는 명상

"그 시절의 나는 얼마나 아팠을까요?"

과거의 상처에 대해 무심한 사람들이 참 많아요. 큰 트라우마를 갖지 않은 사람들, 그러니까 유년기에 폭력에 노출되어 살았거나 심한 왕따, 성범죄 등을 경험하지 않은 사람들은 과거의 상처에 대해 이야기하는 사람들에게 이렇게 말하죠. '이 정도 힘든 일은 누구나 겪는 것 아냐?'라고요. 인생은 어차피 모두에게 힘든데, 자신의 아픔에 대해 유난스러운 사람이 되기 싫다는 무의식에 그렇게 말하게 되는 걸까요? 그런데 인생은 정말로 누구에게나 힘들어야 하는 걸까요?

과거에 지나치게 오래 머무르며 지난날을 후회하

고 나 자신, 혹은 누군가를 미워하며 시간을 보내는 것은 당연히 나의 행복에 도움이 되지 않습니다. 하지만 과거의 상처가 지금 내가 나를 깊이 사랑하는 것을 가로막고 있다면 한번 돌아보고 그때의 나를 안아줄 필요가 있습니다. '내 나이가 몇인데 그 시절 일을…' 하는 생각으로 낯뜨겁다는 감정이 올라온다면, 내가 나를 있는 그대로 수용하지 않는다는 증거입니다. 다섯 살에 얻은 상처로 육십 대까지 괴로워할 수 있고, 그건 이상한 일도 수치스러운 일도 아닙니다.

자신이 가장 두려워하는 것이 무엇인지 알고 계신가요? 이 질문에 쉽게 대답하는 사람은 거의 없습니다. 우리는 부정적이라고 판단할 만한 감정이 일어나면 곧바로 억압하고, 나이가 많아질수록 감정을 무시하려고 애쓰니까요. 그래서 내가 무엇에 대해 어떻게 느끼는지 둔해지고 맙니다. 내 안에서 일어나 나를 괴롭히는 괴로움인데도 그것이 어디서 오는지 알지 못하는 거예요.

아이들은 종종 먹고 싶은 것을 얻지 못하면 울고, 싫은 일을 시키면 소리를 지릅니다. 안아달라고 할 때 안아주지 않으면 길에 드러누워 떼를 쓰기도 하죠. 이런 행동이 잘못되었다고 생각하시나요? 그렇다면 나는 나 자신에게도 그렇게 하고 있을지 모릅니다. 감정을 표현하는 것은 건강한 것입니다. 저는 특별히 교육열이 높은 학부모는 아니지만, 감정을 솔직하게 표현하는 것만큼은 아이에게 알려주려고 노력한답니다. 억압된 감정은 반드시 분노나 폭력과 같은 건강하지 않은 방법으로 표출되거나 질병으로 발전한다는 것을 기억하세요. 그것만으로도 내 삶의 변화는 시작됩니다.

내 안에는 어떤 두려움이 있을까요? 거절당하는 것, 평가받는 자리에 놓이는 것, 소중한 사람이 나를 두고 떠나는 것, 실패하는 것, 1등을 놓치는 것, 완벽하게 업무를 수행하지 못하는 것, 비교당하는 것…. 살아온 삶이 저마다 다양하듯 두려움도 참 다양하게 존재합니다.

만일 어린 시절 가정폭력을 경험해서 '폭력에 대한 공포'를 가지고 있다면, 거기서 멈출 것이 아니라 폭력이 나에게 어떤 생각을 일으키는지 반복해서 묻고 더 깊은 바닥까지 들어갑니다. 그렇게 해보면 '내가 저항할 수 없는, 강력한 힘이나 억압이 두렵다'는 답이 나올 수 있어요. 혹은 같은 일을 겪었더라도 다른 누군가는 억압에 대한 공포보다 '사랑하는 사람이 나를 함부로 대하는 것이 슬프다'는 생각이 지배적일 수도 있을 거예요. 기저에 있는 생각과 감정은 사람마다 천차만별이기 때문이지요. 그러니 내가 무엇을 두려워하는지를 알아야 합니다. 아직 생각해본 적이 없다면 이 기회에 생각해보세요. 그 오래된 두려움이 내 안에서 다양한 문제를 일으키고 내 삶을 불편하게 하니까요. 물론 두려움의 뿌리는 한 가지가 아닐 겁니다. '이걸 언제 다 해결해?'라는 생각보단 '이렇게 하나씩 해나가는 거지!'라는 용기를 가지시길 바랍니다.

제가 경험한 것을 공유하자면, 저는 '내게 사랑이 필요하다는 걸 인정하고, 사랑받고 싶다고 표현하는 것'에 대한 굉장한 두려움이 있었어요. 누구보다 내가 강인해야 한다는 강한 사람 콤플렉스가 있었거든요. 그로 인해 사람들에게 도움이 필요하다고 알리는 것이 참 힘들었고, 뭐든지 혼자 하려는 버릇이 있었습니다. 연인 관계에서도 있는 그대로 나를 열어놓고 감정을 스스럼없이 표현하는 것이 힘들어 사람을 밀어내고 상처를 주기도 했죠.

우리는 누구나 사랑이 필요하고, 그걸 주고받는 게

당연한데 난 그 욕구를 표현하는 게 왜 이렇게 힘들까? 언제부터 이렇게 되었을까? 이런 생각들을 하던 가운데, 내가 처음으로 이런 생각을 억압하기 시작한 시점이 언제인지 생각해보게 되었습니다.

저는 아주 성실한, 요즘 말로 워커홀릭인 어머니의 딸로 태어나 곧장 외할머니 손에 맡겨졌습니다. 어머니는 한 달을 채 못 쉬고 복직했습니다. 저는 외가 친척들의 사랑을 듬뿍 받았고 지금도 좋은 관계를 유지하고 있지만, 늘 어머니에 대한 치명적인 결핍을 가질 수밖에 없었어요. 주 6일 근무에 기자였던 어머니는 늘 바빴고 야근이 일상이었으니까요. 그리고 제가 일곱 살이 되었을 때 동생이 태어났습니다. 혼자 외롭고 심심해서 동생이 갖고 싶다고 졸라 넉넉하지 않은 상황에서 어렵게 낳아주신 동생이었는데, 실제로 동생을 만나니 세상이 무너지는 것 같았습니다. 정말 예뻤지만 동시에 미웠죠. 어머니의 부재 속에서도 나에게만큼은 온 세상을 줄 것 같았던 외가 식구들마저 보송보송한 아기에게 몰려들어 저는 안중에도 없는 모습을 보니 눈앞이 캄캄했습니다.

그러던 중, 누워 있는 아기에게 가서 화풀이를 해버

렸어요. 당연히 어머니가 달려오셔서 우는 아기를 안고 절 매서운 눈초리로 쏘아보셨지요. '동생이 태어났으면 감사하다고 생각하고 아껴줘야지, 다 큰 애가 그렇게 못된 행동을 하면 어떡해?'라고 꾸중을 하셨어요. 하루아침에 '다 큰 애'가 된 것도 억울한데, 나에게 관심을 달라고 했던 어리숙한 표현이 철저히 무시당하고 부정당한 것이 너무나 충격적이었습니다. 마음을 표현할 줄 몰라 그렇게 나타냈지만 속뜻을 알아주는 사람은 없었고, 제가 했던 표현 자체가 틀린 것이라는 잘못된 배움을 얻었죠. 이런 경우에 아이들은 자신의 존재 자체가 부정당했다고 느낍니다. 너무 수치스럽고 자존심이 상해 그 후로는 '관심과 사랑을 받고 싶다'는 욕구가 올라올 때마다 스스로가 잘못된 존재 같고 부끄러웠죠.

누구나 한 번쯤 겪었을 법한 어린 시절 이야기죠? 그렇기에 이런 이야기들은 더욱 묻어두고 살게 됩니다. '누구나 겪는 일 아냐?'가 가장 위험한 생각인 것 같아요. 누구나 겪는 일이든 세상에서 나 혼자 겪는 일이든, 내가 아팠으면 그걸 안아주는 게 중요할 뿐이에요. 그 기억이 떠오른 후 저는 방에서 불을 끄고 앉아 눈을 감고 베개를 끌어안았어요. 그 장면을 다시 시뮬레이션하기 시작했죠. 방에 누워 있는 아기, 거실에서 담소를 나누는 가족들, 방으로 들어가 아기에게 화풀이를 하는 나, 그리고 방으로 들어와서 아기를 안는 어머니. 어머니는 아직 운도 떼지 않았는데 그 순간부터 울음이 터지더군요. 그 상황에서 어린 나는 '나를 봐줘요'라고 신호를 보낸 것인데 정작 내가 아닌 동생에게 관심이 쏠린 것이죠. 그것이 제게는 상처로 남아 있던 거였어요. 그렇게 오래 지난 일에 대해 그렇게 많은 눈물이 날 거라곤 생각조차 못 했는데 정말 많이 울었습니다. 그리고 꾸중하는 어머니 얼굴을 바라보니 가슴에 쥐어짜는 듯한 통증이 느껴지고 '내 곁엔 늘 없었으면서 어째서 동생은 하루 종일 안고 있는 거야?'라는 말이 목까지 차올랐습니다. 그걸 꾹꾹 삼키자 목에도 통증이 일었죠. 20년이 넘도록 목과 가슴에 이유 없는 통증이 느껴져 대학 병원에도 다니고 대체 의학에도 의존해보았는데 나아지지 않았거든요. 그 답을 20대 후반에서야 찾았습니다.

여전히 베개를 껴안고 앉아서 어린아이처럼 흐느끼고 있는데, 기억 속 일곱 살의 저를 꼬옥 안아주고 싶다는 생각이 들었어요. 그리고 어머니께 한마디 쏘아 붙이고 싶다는 생각도 했죠. 일곱 살의 정민이를 힘껏 안아주고 말해주었어요.

"괜찮아. 엄마는 너를 사랑하지 않아서가 아니라 감정을 이해하는 능력이 부족해서 그래. 지금 네가 얼마나 서운한지도 모르고, 네가 그냥 아기를 괴롭힌다고 생각하시는 거야. 그러니까 다음에는 '나도 안아줘' 하고 솔직하게 말해볼까?"

그렇게 지금의 내가 해줄 수 있는 말을 해주고는 유치한 마음을 가득 안은 채로 어머니를 쏘아보며 분풀이를 했죠.

"애도 어린아이인데 그렇게 말하면 얼마나 자괴감을 느끼고 충격을 받겠어요? 여태 충분히 안아주지도 않았으면서 갑자기 다 큰 애처럼 행동하라는 게 말이 되나요?"

이렇게 글로 적으면서 회상하니 지금은 제 모습이 우스워서 입꼬리가 올라가지만 치유가 절실했던 당시엔 눈물 콧물 범벅된 상태로 진지하게 임했습니다. 그리고 실제로 그렇게 하고 나니 얼마나 통쾌하고 시원했는지 몰라요. 가슴 어딘가를 막고 있던 무거운 추가 어딘가로 사라진 것처럼 뻥 뚫린 가슴이 느껴졌습니다. 제가 그렇게 많이 눈물을 흘렸다는 것에도 무척 놀랐어요. 성인이 되고는 눈물을 흘리는 것 자체가 너무나 힘들었거든요. 눈물이 늘 기도에서 막혀 나오지 못하는 느낌이었는데, 봉인이 해제된 것처럼 한참을 울었어요. 부작용이 있었다면 이 시뮬레이션을 며칠간 하다 보니 당시 함께 살고 있던 어머니를 한동안 쳐다도 보기 싫어졌다는 것인데요. 그 또한 용서하기 명상을 통해 해결하고 천국과 지옥은 모두 내 마음속에 있다는 걸 배웠답니다.

아무리 많은 상처가 있어도 포커페이스를 유지하고, 일에 열중하며 성실하게 살아가는 사람들이 성공을 누리고 행복할 거라고 믿으시나요? 어린 시절의 상처는 지난 일일 뿐이고 지금 나에게는 영향을 미치지 않을 거라 생각하시나요? 내가 나를 아끼는 마음을 갖는 것에 자꾸만 저항감이 생긴다면, 이런 생각들을 모두 내려놓고 깊은 곳에 있는 어린 나를 만나보세요. 그 만남이 내 삶의 가장 소중한 경험 중 하나가 될 거예요.

1

깊은 곳의 감정과
마주하기 편한 장소에 앉아 눈을 감습니다.

묵은 감정, 혹은 내가 억눌러놓은 기억과 마주해야 하기 때문에 방해받지 않고 몰입할 수 있는 장소가 좋아요. 다른 명상을 할 때처럼 편한 자세로 앉아 부드럽게 눈을 감습니다.

2

마음을 편안하게 해주는 음악을 재생합니다.

이번 명상에 있어서만큼은 음악이 정말 큰 도

움을 줄 거예요. 잔잔한 클래식도 좋고, 멜로디가 부드럽고 느린 음악도 좋습니다. 길이가 길면 좋고, 그렇지 않다면 여러 곡을 하나의 재생목록에 모아 자동으로 재생되도록 설정해두면 좋겠죠?

3

내가 가장 두려워하는 것을 떠올려봅니다.

내가 가장 두려워하는 것이 무엇인지 찾으셨나요? 그렇다면 그 두려움을 처음 갖게 된 시점을 떠올려봅니다. 사실 많은 사람들이 자신의 유년기를 잘 기억하지 못합니다. 실제로 두려움을 처음 느낀 시점일 필요는 없어요. 내가 기억하기에 가장 처음인 것 같은 시점으로 돌아가봅니다. 타임머신을 타고 돌아간 듯 시뮬레이션해봅니다.

4

같은 상황을 다시 경험해봅니다.

어린 나는 누군가와 함께 있을 거예요. 그리고 그 사람이 나에게 어떤 말이나 행동을 해서 상처를 주겠죠. 그때 내 안에서 일어나는 감정들을 알아차립니다. 지금 어른인 내가 보았을 땐 별것 아닌 상황이라도 그 시절 여린 내 마음에 상처였다는 것을 충분히 인정해주고 어린 나를 안아줍니다. 감정을 인정하는 것은 인간에게 큰 안도감을 줍니다. '네가 지금 힘든 건 당연한 거야' 하고 이해해주세요. 그리고 내가 해주고 싶은 말을 조곤조곤 모두 해줍니다.

5

필요한 응급처치가 있다면 함께 해주세요.

언어폭력이든 물리적 폭력이든, 폭력에 노출

된 상황이라면 아이를 구출해 어디론가 도망가
도 좋아요. 다른 어른들에게 도움을 청해서 아
이를 구하는 것도 하나의 방법이죠. 정말 위급
한 상황이라면 경찰을 부르거나요. 제가 쓴 방
법처럼 상대에게 분풀이라도 해봅니다. 좀 감정
적인 방법이긴 하지만 아직 해보지 않았다면 시
도할 만해요. 꽤 후련하거든요. 영화의 엔딩을
내 맘대로 바꾸듯 스토리를 바꿔봅니다. 우리
뇌는 상상하는 것과 실제로 경험하는 것을 구분
하지 못하기 때문에 이런 과정을 통해서도 고통
은 꽤 나아집니다.

6

눈물을 억누르지 않습니다.

초등학교 입학 후 이렇게 울어본 기억이 없
다 싶을 정도로 울어도 좋아요. 감정을 해소하
는 것이 목적이기 때문에 절대로 감정을 억누르
지 않습니다. 나의 감정을 있는 그대로 인정하

는 소중한 과정이라고 생각하고 어린아이가 된 것처럼 감정의 물꼬를 터봅니다.

7

가슴이 조금 후련해지면 천천히 마무리합니다.

억누른 감정이 해소되어 평소보다 가벼워진 가슴을 경험합니다. 물론 100퍼센트 해소되진 않지만 한결 낫죠. 같은 과정을 매일 반복해도 좋습니다. 어느 시점이 되면 더 이상 눈물이 나지 않아요. 울어야 할 양이 있다면 그걸 다 울어냈다는 느낌이 들죠. 그럼 다음 단계인 용서하기 명상으로 가거나, 다른 두려움을 찾아 같은 과정을 반복합니다. 해결할 문제가 참 많았던 저는 이 과정만 몇 달 동안 반복했답니다.

용서하기 힘든 사람을 용서하는 명상

"과거에 묶인 나 자신을 자유롭게 해주세요."

어떤 상처는 금세 잊히고 저절로 치유되지만 어떤 상처는 오랫동안 마음속에 남아 우리를 괴롭힙니다. 어쩌면 상처 그 자체보다도 누군가를 미워하는 마음이 괴로운 것인데요. 미움받는 것보다 미워하는 것이 더 힘들다는 말처럼, 미움은 우리의 영혼을 갉아먹고 병들게 합니다. 용서가 치유의 중요한 단계인 이유입니다.

우리는 용서가 타인을 위한 것이라고 생각합니다. 하지만 용서는 타인과 크게 관련이 없습니다. 용서가 무엇인지 정확하게 아는 것부터 마음의 평화는 시작됩니다. 용서는 상대방의 행동을 정당화하는 것이 아니고, 내가 겪은 일을 없던 일로 만드는 것도 아닙니다. 가해자에게 내가 당신을 용서했노라고 전해야 하는 것도 아니고, 가해자의 행복을 위한 것도 아닙니다. 내가 용서한다고 그에게 이득이 되는 것은 없습니다. 내가 그를 용서하지 않아도 그에게 해가 되지 않듯이요. 용서는 전적으로 나 자신의 일임을 알아야 해요.

용서는 과거가 나의 발목을 잡지 않도록, 오롯이 나 자신을 위해 하는 것입니다. '저 사람이 용서받을 자격이 있을까?' '저 사람이 용서를 바라기나 할까?' 이런 생각이 떠오른다면 나의 의식이 내부가 아닌 외부를 향하고 있음을 알아야 합니다. 내가 행복해지려고 하는 것인데 언제까지고 타인을 바라봐야 할까요? 머리가 복잡해질 때마다 '아! 저 사람을 위한 게 아니라 나를 위한 것이지' 하고 반복해서 알아차려야 합니다.

'이 일이 일어나지 않았으면 좋았을 텐데…' 하고 과거를 움켜쥐고 있진 않나요? 그 마음을 내려놓고 이미 일어난 일을 받아들여봅니다. 내 삶의 일부분을 부정하면서 자신을 온전히 사랑하는 것은 불가능합니다. 마음이 바다처럼 넓어진다고 상상하면서 내게 일어난 일들을 있는 그대로 인정하고 품어줍니다. 자꾸 과거로 돌아가는 자신을 발견할 때마다 '그래, 이미 일어난 일이지. 시간을 되돌릴 수는 없고, 되돌릴 필요도 없어'라고 스스로에게 말해주세요.

사실, 용서는 자신을 사랑하는 마음이 견고할 때 더 쉽더군요. 우리는 흔히 안하무인인 사람을 보며 '참나, 자기애 한번 넘치네' 하고 말하지만, 사실 그런 이들은 낮은 자존감을 감추느라 도리어 타인을 깔보는 기질을 만들어낸 것입니다. 자신을 진실되게 사랑하는 사람은 타인에 대한 배타심을 갖지 않아요. 자기사랑의 부족이 만들어낸 삐딱한 우월감으로 세상을 바라보면 사람들을 상대할 때 '네가 감히 나에게?'와 같은 생각이 들게 마련이죠. 당연히 미워할 사람도 늘어납니다. 용서해야 할 대상도 더 많아지겠죠.

나의 아픔에 앞서 타인의 아픔을 되짚어보는 것도 중요합니다. 아픔이 있는 내가 또 누군가에게 아픔을 주지는 않았는지 말입니다. 우리는 모두 결핍이 결핍을 낳는 세상에 살고 있으니까요. 그래서 저는 '저 사람은 어떤 아픔이 있어 나에게 이럴까?'라는 생각으로 많은 사람을 용서할 수 있었어요. 나를 아프게 하는 사람은 역지사지의 마음을 내기가 가장 어려운 대상이지요. 하지만 그 마음을 내기 위해 수행하는 것이야말로 우리의 본성에 다가가는 일이라고 생각해요. 본성에 다가가면 행복한 삶을 영위할 수 있죠. 아이들은 친구에게 크게 한 대 얻어맞고도 시원하게 울고 나면 다시 그 친구와 놀거든요. 그렇게 넉넉한 마음이 우리의 본성이잖아요.

넉넉한 마음을 내는 데에 꽤 익숙했던 저도 힘든 유년기에 날 지켜주지 않았던 어머니를 향한 원망을 내려놓고, 내게 정신적인 학대를 가한 옛 남자친구를 용서하기까지는 수년이 걸렸습니다. 이제는 상대를 어느 정도 이해했다고 자신하다가도 컨디션이 안 좋을 때면 감정이 북받쳐서 괴로웠습니다. 그러던 중 제가 상대를 이해한다고 생각했던 게 결국 머리로 하는 이해였을 뿐임을 깨달았어요.

상대방을 머리가 아닌 마음으로 100퍼센트 이해하는 연습을 해보니, 용서라는 것을 할 필요조차 없었습니다. '나'라는 사람을 완전히 잊고 그 사람의 아픔을 이해해보니 때로는 '나였어도 그렇게 행동했을지 몰라'라는 결론에 이르기도 하더군요. 나를 아프게 한 사람이 결국 나와 같이 아픔을 가진 사람일 뿐이었다는 것을 알자 미워한 시간에 대해 미안한 마음마저 들었어요. 용서는 이렇게 제 삶에 새로운 챕터를 열어주었습니다.

1

감정을 해소하기 편한 장소에 앉아
눈을 감습니다.

평소 명상할 때처럼 바르게 앉지 않아도 됩니다. 편하게 집중할 수 있다면 어떻게 앉아도 좋아요. 저는 마음에 좀 더 다가가기 위해 베개를 끌어안고 임했어요. 그 포근한 느낌 덕분에 긴장을 내려놓을 수 있었어요. 마음에 고통이 느껴질 때 쥐어짜기에도 좋았고요.

2

잔잔한 음악을 재생합니다.

즐겨 듣는 명상 음악도 괜찮고, 클라이맥스가 두드러지지 않는 클래식 음악도 좋습니다. 음악 없이도 괜찮다면 고요 속에서 진행해도 됩니다.

3

내가 용서하려는 대상을 떠올립니다.

그 사람의 얼굴도 좋고, 뒷모습이나 옆모습도 괜찮습니다. 너무 자세하게 떠올리는 것이 괴롭다면 멀리서부터 천천히 그려보세요.

4

그 사람의 아픔을 느껴봅니다.

내가 어린 시절의 나부터 돌아보았듯, 그 사람이 특정 성격을 갖게 된 과정에서 겪은 아픔을 관찰자의 시선으로 바라봅니다. 그의 어린 모습도 있고, 조금 더 성장한 모습도 있겠지요. '나를 아프게 한 사람'이라는 고정관념에서 벗어나 그 나이, 그 환경에서 고통받는 한 사람으로 바라봅니다. '나'의 아픔을, '나'라는 존재를 모두 잊으려 노력하면서 그 사람의 입장에서 모든 것을 바라보고 느끼는 것에 집중합니다. 내가 배우이고, 하나의 작품을 연기하게 되었다고, 본래의 '나'를 잊고 온전히 극중 캐릭터에 이입해야 한다고 상상해봅니다.

5

**내가 미워하는 그의 일면이 만들어진
그 사건으로 가봅니다.**

위의 과정이 쉽지 않다면, 좀 더 구체적인 시뮬레이션을 해볼까요. 예를 들어 그 사람이 너무 폭력적인 사람이라 내가 상처를 받았다면, 그 사람이 왜 폭력적인 사람이 되었는지 들여다보는 거예요. 그런 성격을 갖게 될 만한 큰 사건

이 있었는지, 아니면 가정환경으로 인해 차곡차
곡 형성된 것인지 등을요. 이 과정을 지나면서
도 '그래도 저 사람은 나빠'라는 생각이 자꾸만
올라올 겁니다. 그만큼 내 아픔이 크기 때문이
겠지요. 하지만 그 사람을 이해하기 위한 과정
이므로 나의 감정은 잠시 접어두고, 그 사람에
게 다가가 '얼마나 힘들었니?' 하고 위로해보세
요. 그의 아픔이 느껴져 눈물이 핑 돌 수도 있습
니다. 그 사람도 세 살배기 꼬마였던 시간이 있
을 것이고, 누군가에게 상처받아 훌쩍훌쩍 혼자
울기도 했겠죠. 나와 그가 크게 다르지 않다는
것을 느껴보세요.

6

시간이 날 때마다 반복합니다.

매일매일 조금씩 그 사람을 이해해가는 것
을 목표로 삼습니다. 그럴수록 화만 난다면 내
가 감정적으로 그에게 이입하지 못하고 있다는

것이니, 잠시 쉬는 게 좋을 수도 있어요. 하지만 어제보다는 마음이 조금 너그러워졌다면 아주 잘하고 계신 거예요. 내가 나아지고 있는지 아닌지 정확하게 알고 싶다면 명상 일기를 써보세요. 명상에 임하는 동안 어떤 감정을 느꼈고, 명상 후에 어떤 변화가 느껴졌는지 매일 기록해두면 점진적 변화를 관찰할 수 있으니까요.

혹시 그 사람에 대한 정보가 많지 않아도 괜찮습니다. 용서는 그 사람이 아니라 날 위해 하는 것이니까요. 그러니 그가 그런 사람이 될 수밖에 없었던 정확한 이유를 알아야 하는 것은 아니죠. 아픔을 겪을 때 우리는 '나'와 '타인'을 철저히 다른 존재로 분리해 인식하고, 밀어내는 마음을 갖게 돼요. 그래서 그 사람도 나도 세상에 왔을 땐 작고 예쁜 아기였고, 모든 게 동등했고, 다른 삶을 살아가며 다른 성향을 띠게 되었을 뿐이라는 것을 느껴보는 시간이 꼭 필요합니다. 그의 삶에 창조된 아픔이 내 삶에 또 다른 아픔을 낳았다는 것도요.

막연한 불안을 해소하는 나무 명상

"자연과의 단절은 불안의 뼈대입니다."

심각한 문제를 겪고 있지도 않고 치유해야 하는 트라우마를 안고 사는 것도 아닌데 막연한 불안감 때문에 힘드신가요? 아니면 미래에 대한 걱정 때문에 하루하루 불안하신가요? 평생 불안감 속에 살아온 사람들 중에는 자신이 불안하다는 것조차 인식하지 못하다가 명상이나 요가 등을 통해 마음의 평온을 맛본 후에야 자신이 늘 불안한 상태였음을 깨닫는 경우도 있답니다. 스스로의 감정 상태를 알지 못하고 살았다는 사실에 대해 충격을 받기도 하죠. 저도 그런 사람 중 한 명이었답니다.

유아기부터 불안장애며 강박장애에 시달렸고 십 대에 접어들고는 꾸준히 공황발작을 경험할 정도로 저는 '불안의 아이콘'이었습니다. 또래 친구들처럼 불안하지 않은 상태를 누려본 적이 없기에 그게 무엇인지도 몰랐죠. 그러니 무언가를 바꿀 수 있다는 생각조차 하지 못했고요. 잠 못 드는 밤과 실체 없는 불안에 지칠 대로 지쳤던 걸까요. 아니면 성인이 된 후로 스스로에 대해 많이 알아차리게 되었던 걸까요. 어느 날 내 삶에 깊이 각인된 불안의 패턴을 끊고 싶다는 욕구가 강하게 일어났고, 그렇게 내적 수련을 시작하게 되었습니다. 당시에 저는 오스트레일리아의 대도시에서 학교를 다니고 있었는데, 아르바이트를 해서 돈이 모일 때마다 자연으로 여행을 갔어요. 그 과정에서 자연이 주는 안정감을 느끼게 되었고, 현대인이 겪는 실체 없는 불안의 시초가 자연과의 단절에서 비롯되었다는 걸 깨달았습니다. 실제로 전원생활을 하는 사람들은 도시에 있는 사람들보다 정서적으로 안정되어 있습니다. 도시에서 지내던 사람 역시 자연을 경험할 수 있는 곳으로 여행을 가면 마음이 한결 편안해지죠. 단지 현실을 떠나고 경쟁이나 '빨리빨리' 문화에서 벗어나서일까요?

경쟁이나 '빨리빨리' 문화 또한 자연과의 단절로부터 시작된다고 생각합니다. 자연은 경쟁하지 않고 상생하죠. 자연은 보채지 않고 순리대로 흐릅니다. 자연에 살면 우리도 그 순리대로 살게 되고, 자연과 멀어질수록 급해지고 경쟁에 휘말리게 됩니다. 자연과 단절된 삶을 살면, 탯줄을 자르고 엄마와 처음으로 분리될 때 태아가 느끼는 불안과 같은 감정이 우리 안에서 자주 일어납니다.

이런 깨달음을 얻으며 '나무가 되고 싶다'고 생각하기 시작했어요. 웬만한 비바람엔 끄떡없는 강인함을 가진 나무 말이에요. 큰 태풍을 묵묵히 견디며 웬만해서는 뽑히지 않는 나무를 텔레비전 뉴스에서 본 후로 나무가 세상에서 가장 부러웠어요. 아주 사소한 외부의 자극에도 심장이 터질 듯 뛰고 식은 땀이 흐르는 나와는 정말로 다르게 보였죠. 그래서 무작정 앉아 나무가 되는 상상을 해보았습니다. 나무가 되는 심상화를 처음 시도한 그날, 영영 사라지지 않을 것 같던 불안이 꽤 수월하게 해소되는 경험을 했습니다.

자연이 오염을 정화하는 능력이 굉장하다는 건 알고 계시죠? 세상에 마법이 존재한다면 바로 자연의 정화력이 아닐까 생각해봅니다. 오랜 시간에 걸쳐 77억 명이나 되는 사람들이 성장에만 매달려 환경을 파괴했지요. 주워 담을 수 없는 막대한 인간의 실수에도 자연은 스스로를 정화하고 또 정화해 여전히 아름다운 모습을 뽐냅니다. 저는 그 힘이 경이롭고, 그 힘에 감사합니다. 게다가 자연은 스스로를 정화하는 힘으로 우리 인간들의 마음까지도 뚝딱 정화해줍니다.

저는 만성적 불안장애를 겪는 분들에게 하루 한 번, 안 되면 일주일에 한 번이라도 꼭 산이나 바다에 가서 명상할 것을 권합니다. 처음에는 대부분 '자연에 간다고 뭐가 달라질까요?'라고 제게 되묻지만 단 5분이라도 산이나 바다에서 명상을 해보면 다음부터는 누가 권하지 않아도 스스로 자연을 찾습니다. 그런 의미에서 우리나라가 산이 풍족한 지형이라는 게 큰 축복이라고 생각합니다. 그럼에도 집에서 산이나 바다가 너무 멀다면 큰 공원도 좋겠지요. 하지만 우리 주변의 공원에는 보통 땅 밑에 고압전류가 흐르고 있어서 완전한 자연이라고 하기가 조금 어려워요. 소중한 자기 자신을 위해 여가 시간에 조금 멀더라도 꼭 자연에 가보셨으면 해요. 주말에 동네 친구와 만나기로 했다면 약속 장소를 뒷산으로 정해보면 어떨까요. 그곳에 올라 만난 커다란 나무처럼, 굳센 뿌리를 가진 내 모습을 떠올리는 것이 바로 나무 명상입니다.

1

때와 장소에 무관하게
편안하게 눈을 감고 이완합니다.

가능하면 방해받지 않는 장소를 찾으면 좋겠지만, 지금 당장 불안감 때문에 너무 힘들다면 앉을 수 있는 곳이면 어디든 좋습니다. 눕기보다는 등을 곧게 세우고 바로 앉기를 추천합니다. 앉은 자세를 통해 나무처럼 뿌리를 깊이 내리는 것을 심상화하고 안정감을 느낄 수 있기 때문입니다. 바닥에 앉는 것이 가장 좋지만 상황이 허락하지 않는다면 의자에라도 앉습니다.

2

집중을 도울 수 있는
자연의 소리를 준비합니다.

좋아하는 잔잔한 음악도 좋고 자연의 소리라
면 더욱 좋습니다. 냇가의 물소리나 새 소리 등
을 들을 수 있는 음원을 찾아 재생합니다. 이어
폰을 통해 들으면 더욱 좋겠죠? 음악이 필수는
아니지만 명상이 익숙하지 않은 사람에게는 큰
도움을 준답니다. 자연의 소리 자체가 불안감을
해소해주기도 하고요.

3

불안한 호흡을 가다듬습니다.

불안에 사로잡히면 호흡은 빨라지고 얕아
집니다. 늘 불안한 사람들은 무의식 중에 숨을
참는 습관이 있죠. 지금 내 호흡이 어떤지 찬

찬히 바라봅니다. 갑자기 깊은 호흡을 할 필요는 없어요. 숨의 길이만 규칙적으로 유지합니다. 2박자여도 좋고 4박자여도 좋아요. 불안하면 호흡이 가빠지고, 그 가쁜 호흡으로 인해 더 불안해지는 악순환의 고리를 끊기 위해서라도 호흡은 규칙적으로 합니다.

4

내가 상상할 수 있는
가장 아름다운 자연을 떠올립니다.

어릴 때 동화책을 읽으며 머릿속으로 그리던 아름다운 세상을 기억하시나요? 누군가는 요정과 유니콘이 날아다니는 판타지 월드를, 누군가는 총천연색의 나비들로 가득한 동산을 상상했겠죠. 가능하면 태양이 빛나는 시간, 모든 것이 햇빛을 받아 반짝반짝 빛나는 모습이면 좋겠어요. 하지만 어떤 풍경이든 내 기분이 좋아진다면 충분합니다.

5

나무가 되어봅니다.

내가 수백 년 동안 같은 자리에서 뿌리를 내려온 나무가 되었다고 생각해봅니다. 나무의 시선으로 주변을 바라봅니다. 새들이 날아와 가지에 앉았다 가는 모습, 주변에 펼쳐진 꽃밭과 잔디밭, 그리고 내 몸에서 돋아난 나뭇잎이 바람에 살랑살랑 흔들리는 모습…. 꽃향기를 맡아보고 시냇물 소리도 들어봅니다. 음악을 틀어두지 않았다면 소리를 듣고 있다고 상상하면 됩니다.

6

나의 몸을 느껴봅니다.

이제 나의 줄기가 얼마나 굵은지 느껴보세요. 사람들 여럿이 손을 잡고 빙 둘러 서야 할 만큼 듬직한 줄기를 느껴봅니다. 나의 뿌리가 얼마나 깊고 넓고 단단한지도 느껴보세요. 평소에 익숙하던 두 다리의 느낌과는 다릅니다. 셀 수 없이 많은 줄기와 뿌리로 아주 깊은 곳까지 뻗어나가 지구와 연결되어 있는 나무의 상태를 느껴봅니다. 궂은 바람이 불어도 나는 흔들림 없이 서 있습니다. 비바람이 지나가면 다시 아름다운 풍경이 펼쳐지죠.

이 과정에서 나무의 뿌리를 느끼며 '답답하다'는 감정이 올라오는 경우가 있습니다. 땅에 뿌리내린 것이 안정감을 주는 것이 아니라 어디에도 가지 못한다는 답답함이라는 관념을 일으키는 것인데요, 그 또한 내가 만든 하나의 관념임을 알아차리고 묵묵히 이어나가면 됩니다. 땅과 연결되어 어디에도 가지 못함을 느끼기 위한 것이 아니라, 땅과 연결되어 어떤 자극에도 쉽사리 흔들리지 않음을 느끼기 위한 것임을 상기하고 날숨을 길게 내쉬며 무게중심을 밑으로, 밑으로 내리는 연습을 합니다. 반복할수록 하체에 힘이 실리는 느낌이 들 거예요. 정말로 뿌리 깊은 나무처럼요.

7

천천히 명상을 마칩니다.

불안이 조금 잦아들었다고 느껴질 때까지 이어가다가 천천히 의식을 돌려옵니다. 기분이 좋아져 명상을 좀 더 이어가고 싶다면 긴 시간 명상하셔도 좋아요. 저도 마음이 많이 힘들 땐 매일 한 시간이 넘도록 나무로 살곤 했답니다.

생각을 흘려보내는 명상

"현대인은 대부분
생각에 중독된 채 살아갑니다."

우리는 매일 적게는 6만 가지, 많게는 8만 가지 생각을 한다고 합니다. 우리가 인식하지 못할 때조차 우리 뇌는 다양한 생각들을 처리하죠. 이 많은 생각이 모두 기분 좋아지는 생각들뿐이라면 좋겠지만, 사실 그렇지 않아서 괴롭습니다. 우리가 평생 보고 듣고 읽고 느끼는 정보는 우리의 잠재의식 깊은 곳에 저장되어 있으므로 부정적인 정보에 포커스를 맞춰온 사람일수록 부정적인 생각의 늪에 빠지기 쉽습니다. 그리고 부정적인 생각이 하나 떠오르면, 비슷한 생각들이 꼬리에 꼬리를 물고 밀려오죠. 특히 자려고 눈을 감을 때 혹은 공부를 하는 등 무언가에 집중할 때 더욱 심해집니다.

우리는 과거에 대한 후회, 미래에 대한 걱정으로 생각에 중독된 채, 자신이 '생각 중독'임을 인지하지 못하고 살아갑니다. 마음의 평온을 얻기 위해 반드시 알아차려야 하는 것이 있습니다. 내게 부정적 생각이 꼬리를 물고 일어나는 이유가 애초에 내가 그런 생각을 이어가기로 의도했기 때문이라는 겁니다. 원치 않는 생각이 떠오른 직후에 그 생각을 흘려보내는 습관을 들이면 몇 시간씩 부정적 생각으로 채울 필요가 없습니다. 하지만 그 방법을 알지 못하면 하루 종일 걱정과 두려움으로 불안에 떨게 되죠.

저 또한 답이 나오지 않는 비슷한 걱정들을 무한 반복하며 해가 뜰 때까지 뒤척인 나날이 셀 수 없이 많았습니다. 너무 괴로워 수면제도 처방받아 복용해봤지만 아무 소용이 없어서 열흘 이상 한숨도 못 잔 때도 있었고요. '이렇게 내가 먹고살 수 있을까?' '이대로라면 나 혼자 외롭게 굶어 죽지 않을까?' 같은 질문들로 맞이한 밤은 '도대체 어떻게 하면 생각을 멈출 수 있지?'라는 또 다른 생각으로 이어지고, 결국 '나는 구제불능이야' '나는 정말 정신적으로 이상한 사람이야' 같은 자기파괴적인 결론으로 치달았습니다. 결국 떠오르는 해를 보며 잠이 들었지요. 내가 나의 생각을 이끌어간다는 것을 알아차리지 못하고 타고난 나의 정신이 비정상이라는 자책만 했어요. 내 생각이 나를 괴롭히는 거라고 오해했습니다. 생각은 하늘의 구름처럼 그저 오가는 것일 뿐인데 말이죠. 이처럼 우리가 생각에 중독되는 이유는 무엇일까요? 왜 그중에서도 부정적인 생각만이 우리 머릿속을 지배하는 걸까요?

우리 뇌는 우리를 보호하는 본연의 임무에 늘 최선을 다합니다. 도로를 안전하게 건너도록, 높은 곳에 올라가 떨어지지 않도록, 혹은 부패한 음식을 먹지 않도록 스트레스 호르몬을 분비해 신호를 주죠. 하지만 스트레스에 지속적으로 노출된 나머지 이 안전장치가 과도하게 작동할 수도 있습니다. 그러면 일상 속에서 지나치게 자주 스트레스를 느끼게 되죠. 직장 상사에게 전화만 와도 식은땀이 흐르거나, 명절이 다가오면 가슴이 쿵쾅거리는 등 사실상 위협이 되는 상황이 아닌데도 스트레스 호르몬이 분비되는 겁니다. 직장 상사나 명절에 만나야 할 친척이며 시집 식구 등을 쌩쌩 달리는 자동차나 낭떠러지와 같이 내 생명을 위협하는 위험 요소로 인지하기 때문이죠.

이 같은 원리를 이해하면, 우리가 특별한 재난 없이도 이렇게 지쳐 있는 이유를 알게 됩니다. 게다가 밤에는 생각이 너무 많아 잠이 오질 않는데, 정작 업무를 볼 땐 머릿속이 뿌예지거나 넋이 나가기도 합니다. 뇌가 쉬질 못했으니 일해야 할 때 제대로 작동하지 못하는 것입니다. 결국 무리하게 애를 쓰다가 머리에 에너지가 쏠려 열감을 느끼거나 두통을 겪게 되고요.

이런 생활에 지쳐 삶을 어디서부터 어떻게 해결해야 할지 모르겠다고 호소하는 분들이 많습니다. '번아웃증후군'이나 '부신피로증후군' 같은 이른바 21세기형 질병의 공통된 원인이 무엇일까요. 바로 '쉼'의 부족입니다. 이 질병들은 육체와 정신, 마음의 휴식이 부족하기 때문에 생겨나고, 치료 과정에서도 반드시 충분한 휴식이 동반되어야 한다고 전문가들은 말합니다. 필요한 영양분을 섭취하면 일시적으로 회복되는 듯하지만 생각 중독은 그 양분마저 다시 고갈시킵니다. 게다가 자기 자신을 돌보고 충분한 휴식을 갖겠다며 용기 내어 퇴사를 하고도 미래에 대한 걱정으로 온전히 쉬는 것에 실패하는 경우가 많죠. '쉼'이 무엇인지, 대체 어떻게 해야 쉬는 건지 완전히 잊어버린 거예요.

초등학교 때의 여름방학을 기억하시나요? 마음 놓고 쉬다가 개학일이 가까워지면 그제서야 헐레벌떡 방학 숙제를 하던 그때 말입니다. 후회와 걱정 사이를 널뛰기하듯 옮겨다니지 않고 매 순간을 살았기에 몸도 마음도 아프지 않았던, 참 좋은 나날이었습니다. 그때의 모습이 바로 우리의 본성인지도 모릅니다. 우리는 어떻게 그 본성을 되찾을 수 있을까요?

생각 중독에서 벗어나 참된 쉼을 누리기 위해, 명상은 이제 선택이 아닌 필수입니다. 바쁜 일상 속 1, 2분을 활용할 수도 있고요. 엘리베이터를 기다리는 시간, 버스를 기다리는 시간, 혹은 친구를 기다리는 시간에도 명상은 가능합니다. 저는 운전을 마치고 주차한 후 차에서 내리기 전의 짧은 시간에도 명상을 합니다. 운전하느라 무의식적으로 긴장되었을 몸과 마음을 이완하고 스스로를 평안하게 비우기 위해서죠. 명상이 거창하고 어렵다는 선입견만 내려놓으면, 우리가 평소 스마트폰에 의식을 맡기는 그 짧은 시간을 활용해 마음을 비우는 법도 익힐 수 있습니다. 그리고 점차 생각 중독에서 벗어나게 되죠.

생각을 흘려보내는 명상 가이드

1

때와 장소에 무관하게
편안하게 눈을 감고 이완합니다.

운전 중이거나 위험한 기계를 작동하고 있지 않다면 어디든 좋습니다. 앉을 수 있다면 바르게 앉고, 그럴 수 없는 상황이라면 바르게 서서 눈을 감으세요. 비스듬하게 앉거나 서 있으면 집중이 흐트러지고 순환에도 좋지 않으니 무리하지 않는 선에서 바르게 앉거나 섭니다. 잠들기 직전이라면 천장을 보고 편안하게 누운 상태로 명상하면 됩니다.

2

호흡을 평소보다
조금 깊게 들이쉬고 내쉽니다.

준비운동이라고 생각하며 호흡해봅니다. 무리할 필요는 없지만 '자, 이제 집중하자'라는 신호가 될 수 있도록 네 번 정도 깊은 숨을 들이쉬고 내쉽니다. 그리고 원래의 내 호흡으로 돌아갑니다.

3

떠오르는 생각에 저항하지 않습니다.

생각을 흘려보낸다는 것은 생각을 인위적으로 컨트롤하는 것과는 거리가 멉니다. 오히려 생각이 떠오르든 말든 개의치 않고 의식을 전환하는 연습입니다. 어떤 생각이 나를 집어삼키려

해도 놀라지 않고, 발버둥치지 않고, 그저 호흡의 흐름에 집중합니다.

4

호흡 감각에 집중합니다.

공기가 코를 통해 들어와 목을 지나 폐를 가득 채우고, 다시 폐를 빠져나와 목을 지나 코로 빠져나가는 것에 감각적으로 집중합니다. 공기의 온도나 냄새를 느끼고, 그 움직임을 촉각적으로 좇는 것입니다. 생각이 떠오르더라도 그 생각 대신 호흡을 따라가는 것을 연습합니다.

5

집중하기 힘들 땐 박자를 세어봅니다.

호흡에 집중한다는 건 미세한 자극에 집중하는 것이기에 처음에는 어려움을 느낄 수 있습니다. 자꾸 집중이 흐트러지고 생각에 잠식된다면 호흡에 맞추어 박자를 세어봅니다. 들숨에 '하나, 둘, 셋, 넷'을 세고 날숨에 '하나, 둘, 셋, 넷'을 세며 규칙적으로 호흡을 이어갑니다.

6

천천히 명상을 마칩니다.

마음이 진정되었다고 느껴진다면 다시 숨을 가다듬고 천천히 지금 내가 있는 곳으로 의식을 가져옵니다. 명상을 마칠 때는 점진적으로 집중을 해소한다는 마음으로 마무리합니다. 이 명상은 1, 2분만 해도 충분하고, 원한다면 몇 시간 동안 집중해서 할 수도 있습니다.

원하는 삶을 내 것으로, 심상화 명상

"망상활성계를 이용해 삶을 바꿀 수 있습니다."

우리가 의식하지 못하는 동안에도 이미지나 소리, 맛, 냄새 등 엄청나게 많은 정보가 우리를 스쳐갑니다. 우리가 감각기관을 통해 매 순간 경험하는 정보의 양이 무려 200만 비트 이상이라고 해요. 하지만 뇌에서 소화할 수 있는 정보의 양에는 한계가 있습니다. 이 모든 정보를 그대로 받아들였다가는 극심한 피로를 느낄 테지요.

그래서 우리 뇌에는 주어진 정보를 필요한 것과 필요하지 않은 것으로 분류하는 필터가 자리하고 있습니다. 바로 시상하부의 '망상활성계Reticular Activating

System'입니다. 우리의 신념 체계와 일치하는 정보는 받아들이고 아닌 것은 걸러내죠. 어린 시절의 환경에서 혹은 성장 과정에서 부정적인 성향이 굳어진 사람들의 경우, 이 필터가 부정적인 신념에 대한 증거만 집중적으로 수집하는 방향으로 작용하기도 합니다

저 또한 힘든 나날을 지나오며 저 자신에 대한 부정적인 신념을 너무나도 많이 축적했습니다. 오랜 시간 저장해온 것들을 걷어내는 것이 불가능하게만 느껴져 막막했지만, 꾸준한 심상화로 생각 습관과 언어 습관을 바꾸었고, 지금은 정반대의 신념 체계를 이루게 되었어요. '난 못 해'라든가 '그건 현실적으로 불가능해' 혹은 '나는 끈기가 없어' 같은 말을 달고 살며 새로운 일에 도전할 때마다 스스로를 믿지 못해 불안에 잠식되기 일쑤였던 제가, 지금은 무엇에든 주저 없이 도전하는 편안한 마음을 갖게 되었으니까요.

사실 우리는 모두 알게 모르게 자신에 대한 부정적인 표현을 일삼아요. 혹시 스스로를 아끼는 마음이 부족해 말로 드러나는 건 아닐까요? 더군다나 요즘엔 스스로에 대한 우스갯소리를 하는 '자학 개그'가 유행처럼 번져 모든 사람들이 자신을 낮추는 말을 즐겨하지

요. 그것이 미덕인 양 느껴지기도 하고요. 하지만 '역시 내 인생은 티끌 모아 티끌이더라'라든가 '이번 생은 틀렸어'와 같이 내 삶을 원하는 방향의 정반대로 이끌 말을 농담처럼 하는 것이 과연 현명한 일일까요?

만일 '나는 끈기가 부족해'라고 생각하고 이 말을 입에 달고 산다면 망상활성계가 내가 끈기가 부족하다는 증거만을 열심히 수집해 내 앞에 대령할 겁니다. '나는 불성실한 사람이야'라고 반복적으로 생각하고 말한다면, 내가 불성실한 사람이라는 증거만 나타나게 되겠죠. 그리고 그 증거들을 수집해 '나는 끈기가 부족하고 불성실한 사람이 확실해'라는 신념이 굳어지는 악순환이 일어나요. 심지어 내가 끈기가 있다는 증거, 성실하다는 증거가 주변에 널려 있더라도 나의 망상활성계는 그런 정보들을 필터링한 후 버릴 겁니다. '나는 끈기 없고 불성실한 사람이야!'라는 강한 신념을 뒷받침하는 정보가 아니기 때문이죠. 내가 나 자신에 대해, 삶에 대해 어떤 정보를 지배적으로 받아들이는지가 정말 중요하다는 걸 알 수 있습니다.

성공한 사람들이 자기계발서나 강연을 통해 자신이 어려서부터 원하는 바를 시각화했다고 이야기하는 것을 들어보셨을 겁니다. 매일 밤 자신이 원하는 것을 즐겁게 상상하며 잠들거나, 꿈이 이루어진 모습을 글로 자주 써보았다고 하지요. 이것이 최근 몇 년간 전 세계를 휩쓴 '시크릿'이나 '끌어당김의 법칙'에서 이야기하는 '심상화'입니다. 우리의 망상활성계를 올바르게 프로그래밍하는 것을 효과적으로 돕는 도구이지요. 내가 원치 않는 것보다 원하는 것, 이루기를 꿈꾸는 것에 의식을 모으는 연습을 꾸준히 함으로써 그것을 증명할 만한 증거를 수집하는 망상활성계를 만들어가는 겁니다. 심상화를 통해 원하던 것을 손에 넣고 꿈꾸던 삶을 살게 된 사람들은 이것이 얼마나 확실한 방법인지 체험했기에 더욱 꾸준히 이어갑니다.

매일의 심상화를 통해 재구성된 망상활성계는 마음속에 그려둔 '새로운 나'를 이루기 위해 필요한 정보와 기회를 받아들입니다. 그럼으로써 '나는 성공할 자질이 없어'라는 낡은 믿음이 '나는 성공할 수밖에 없어'라는 새로운 믿음으로 자연스레 변하고, 그걸 증명할 새로운 정보들만 받아들이다 보면 새로운 믿음이 더욱 견고해지는 선순환으로 발전하죠. 여태 살아오면서 커다란 실수들을 많이 저질러서 스스로에 대한 믿음이 완전히 사라졌다 해도 괜찮아요. 끊임없는 상상을 통해 유리한 정보를 계속 입력해주기만 하면, 우리의 두뇌는 원래 가지고 있던 불리한 정보를 새로운 정보로 교체하거든요. 그러니 나 자신에 대해 안 좋은 믿음을 바로잡는 데에 심상화만큼 좋은 도구가 없다고 생각해요.

나 자신이 실패할 이유, 부자가 될 수 없는 이유, 당당할 수 없는 이유만 찾던 뇌가 나를 성공으로 이끌어줄 정보만 찾는 뇌가 된다면 얼마나 편할까요? 하루 몇 분만 필터를 교체하는 데 투자해보세요. 단 1분이라도 자주 반복하면 된답니다. 심상화를 습관화하면 유행하는 다양한 자기계발 도구들보다 훨씬 유용하고 효과적으로 삶을 개선할 수 있을 거예요.

1

매일 틈틈이 연습합니다.

이 명상의 핵심은 자신에 대한 긍정적인 믿음을 키우고 희망에 찬 바이브를 유지하는 것이므로 시간이 날 때마다 1분씩이라도 연습하는 게 가장 좋다고 생각해요. 생각의 구조를 바꾸는 열쇠는 바로 꾸준함이랍니다.

2

시간과 장소를 가릴 필요가 없습니다.

사무실에서도, 카페에서도, 대중교통을 이용

하는 중에도 할 수 있는 것이 심상화입니다. 다른 명상보다 제약이 적으니 새로운 취미를 가진다 생각하고 부담 없이 즐겨보세요. 약속 장소에서 친구를 기다리는 짧은 시간 동안 스마트폰으로 랜덤한 정보를 입력하는 대신 자신에 대한 긍정적 심상화를 하는 거예요. 내가 새로 얻고 싶은 신념에 상반되는 일이 현실에서 벌어졌을 때도 즉각적인 심상화를 통해 부정적 정보가 입력되는 것을 막을 수 있습니다. 저는 삶의 변화를 가로막는 듯한 일들이 벌어지는 즉시 내가 원하는 모습을 떠올려 바로바로 의식을 전환하는 연습을 했습니다.

3

입꼬리를 올리고
내가 원하는 나의 모습을 그립니다.

저는 가만히 있다가도 입꼬리를 올리는 연습을 자주 했습니다. 이 동작 하나만으로도 가라

앉았던 기분이 조금 나아지기 때문입니다. 입꼬리를 살짝 올리고 내가 원하는 나의 모습을 시각화하면 훨씬 효과적입니다.

4

한 가지 목표에 집중합니다.

내가 원하는 것이 '자신감 있는 나'라면 한동안은 그 목표에만 집중해 심상화해보세요. 많은 사람들 앞에서 자신감 있게 프레젠테이션을 하는 모습, 좋아하는 사람에게 당당하게 다가가는 모습, 나의 의견을 있는 그대로 표현하는 모습 등을 그려볼 수 있겠죠? 한 번에 너무 큰 욕심을 내어 여러 가지를 심상화하다 보면 자칫 효율이 떨어질 수 있어요. 목표는 하나로 정하되 다양한 장면을 심상화해봅니다.

5

감정을 느끼는 것이 중요합니다.

우리의 두뇌는 상상과 현실을 구분하지 못한다고 합니다. 무서운 영화를 보면 소름이 돋고, 맛있는 음식을 상상하면 군침이 돌죠. 내가 상상하고 있는 내 삶의 모습을 그리는 동안 내게 일어나는 '감정'을 알아차리고 극대화해봅니다. 감정이 일어나지 않는 심상화는 효과가 미미해요. 자신감 넘치는 내 모습을 심상화하다 보면 먹먹했던 가슴이 뻥 뚫린 듯 느껴지거나 나 자신이 자랑스러워 어깨가 으쓱하고, 자세가 발라지는 기분이 들 수 있겠죠? 이렇게 구체화된 감정을 자주 느낄수록 내 현실은 더 빠르게 변합니다. 심상화하는 시간이 즐거울수록 심상화를 더욱 자주 하고 싶어지기도 하고요.

저항 버리기 명상

"나 자신이 원하는 것을 누리도록 허용하세요."

생각보다 많은 사람들이 겉으로는 더 나은 삶을 원한다고 말하면서도 마음 깊은 곳에서는 원하지 않습니다. 이게 대체 무슨 말이냐고요? 스스로의 가치를 낮게 평가하는 습관을 가진 사람은 자신에게 주어지는 좋은 것에 강력하게 저항하는 잠재의식 또한 갖게 된다는 것입니다. 이를테면 '난 고액의 연봉을 받을 자격이 없어' 같은 생각이 뿌리 깊이 박혀 있는 것이죠. 앞서 '심상화 명상'에서 언급했듯 우리의 두뇌는 잠재의식에 해당하는 것들을 반복적으로 발굴하도록 프로그래밍되어 있기 때문에 일상에서 좋은 기회를 발견하는 눈이 닫혀버립니다. 좋은 것이 오지 못하도록 막는 것이죠. 부정적인 생각을 할수록 부정적인 것들이 더 눈에 띄는 것도 그래서입니다.

우리는 대부분 가정이나 학교에서 자신을 사랑하는 법을 배우지 못했습니다. 오히려 자기 자신을 의심하고 채찍질하도록 교육받죠. 스스로를 존중하고 사랑하려 하면 이기적이거나 철없는 사람 취급을 받고요. 그래서 시스템에 맞추려 노력하며 살아온 사람일수록 이 채찍질을 멈추면 사회의 낙오자가 될 것 같은 불안감에 휩싸이고, 자기존중이란 사회적으로 성공하고 경제적으로 풍요로울 때 가능한 것이라고 착각하게 됩니다.

저는 사람들을 만나고 헤어질 때 두 팔 벌려 안아주는 것을 좋아하는데, 와락 안기는 사람들은 많지 않아요. 보통은 막대기처럼 굳어버리지요. 사랑받는 것에 익숙하지 않아서일까요. 딱딱하게 굳어버린 분들께 '그냥 허용하세요' 하고 말씀드리면 울음을 터뜨리는 일도 많습니다. 어째서 우리는 사랑받고 호의를 허용하는 것에 이리도 야박해진 걸까요? 누군가의 따뜻한 말 한마디에 울음이 터질 만큼 스스로를 받아들이지 못하고 긴장한 채 살아가는 이유는 대체 어디에 있는 걸까요? 그런데, 스스로를 몰아붙여서 삶이 나아지던가요?

모든 자기사랑의 결핍은 '나는 충분하지 않다'는 착각에서 옵니다. 나 자신이 좋은 것들을 누리도록 허용해주세요. 우리는 저마다 각자의 방법으로 존재하고, 그렇게 존재하는 것이야말로 가장 올바릅니다. 진부한 말처럼 들리지만, 이 외의 진리는 존재하지 않는다고 생각해요. 숲에 가서 나무를 보면 저마다 각자의 방법으로 아름답게 자리를 지킵니다. 어떤 나무는 비바람에 굽었고, 어떤 나무는 곧게 솟았지요. 어떤 나무는 상처를 입어서 가운데가 갈라졌고 어떤 나무는 볕을 덜 받는 곳에 있어 조금 작습니다. 그러나 그 모두가 있기에 숲이 아름답습니다. 나와 내 주변의 사람들을 그런 시선으로 바라보는 연습을 해보세요. 그리고 원하는 것을 누려도 좋을 나에게, 모든 행운을 허용하는 명상을 꾸준히 해보았으면 해요.

원하는 공간에서 편히 쉬는 내 모습을 그려보세요. 다니고 싶은 회사에서 꿈꾸던 일을 하는 나를 떠올려보세요. 크리스마스에 먹고 싶은 근사한 요리를 생각해보세요. 그것들이 내 눈앞에 주어졌을 때 과연 나는 어떤 기분을 느낄까요? 정말로 행복으로 가득해질까요? 아니면 이것이 꼭 내 것이 아닌 것만 같아 어딘지 모르게 불편해질까요?

나는 누군가가 좋은 식사를 대접해주어도 몸 둘 바를 모르고 가시방석에 앉은 것처럼 불편해하는 사람은 아닌지 곰곰이 생각해봅니다. 오랫동안 갖고 싶었는데 너무 고가라 꿈만 꾸던 물건을 생일 선물로 받았을 때 기쁨 대신 이 호의에 어떻게 보답해야 할지 몰라 전전긍긍하는 사람은 아닌지, 늘 동경하던 직업적 포지션을 제안받았을 때 '내가 이 자리를 감당할 수 있을까?' 하고 의심하는 사람은 아닌지요. 만약 내가 이런 성향을 가지고 있다면 나는 내게로 쏟아져 들어올 무수히 많은 좋은 기회들을 스스로 밀어내고 있는 겁니다.

내가 보고 듣고 경험한 세상과 다른 세상을 허용하기로 결심해야 합니다. 앞서 이야기했듯 우리 뇌는 언제나 특정 프로그램하에 작동하고, 그것이 우리의 삶을 좌우합니다. 내가 여태 나의 결핍에 포커스를 맞추어 그 결핍에 해당하는 것들만 발견하고 누려왔다면, 이제 나 자신의 새로운 아름다움에 포커스를 맞추고 새로운 기회와 경험들을 초대할 때입니다.

저항 버리기 명상 가이드

1

**방해받지 않는 편안한 장소에
바르게 앉아 눈을 감고 이완합니다.**

척추를 곧게 펴되 허리에 과도한 힘이 들어가
지 않게 앉아서 눈을 감습니다. 다른 명상을 할
때와 마찬가지로 깊은 호흡을 서너 번 반복하고
정신을 가다듬습니다. 그리고 평소의 내 호흡으
로 돌아와 자연스럽게 숨을 쉬며 고요해진 마음
을 바라봅니다.

2

내 안에 있는 잘못된 저항들을 꺼내어봅니다.

내가 어떤 저항을 가지고 있는지 돌아봅니다. 내가 충분하지 못한 사람이라고 생각하지는 않는지, 만약 그렇다면 어떤 부분에서 그렇게 생각하는지, 왜 그렇게 생각하게 되었는지 찬찬히 들여다봅니다. 떠올리고 싶지 않은 기억들이 올라와도 억누르지 말고, 감정을 일으키는 대신 객관적인 시선으로 그 상황을 바라봅니다. '이런 기억들로 인해 내가 나 자신을 낮추어 평가하게 되었구나' 하고 깨닫고 다시 깊은 호흡으로 마음을 진정시킵니다.

그저 지난 기억일 뿐이지만, 그 일이 내게 큰 영향을 미쳤고 어린 날의 나는 그렇게 영향받을 수밖에 없었음을 인정합니다. 눈물이 흐르면 명상을 멈추고 시원하게 울어도 좋습니다. 꼭 필요한 과정이니까요. 이 과정은 처음 며칠만 반복해도 괜찮습니다. 억눌렀던 기억들이 모두 해소되었다면 생략하고 다음 과정으로 가도 좋습니다.

3

들숨의 흐름에 집중하며
나만의 확언을 읊습니다.

입꼬리를 살짝 올리고, 숨을 들이쉴 때마다
'세상의 온갖 좋은 것들을 삶으로 초대한다'라
고 되뇌며 밝고 아름다운 것들이 내 곁으로 초
대되는 것을 마음속으로 그려봅니다. 반짝이는
빛이나 맑고 깨끗한 숲속 공기처럼 내 기분을
좋게 만드는 것이라면 무엇이든 좋습니다.

4

날숨의 흐름에 집중하며
또 다른 확언을 읊습니다.

숨을 시원하게 내쉽니다. 코로 깊게 숨 쉬는
것이 불편하다면 날숨은 입을 통해 내 안의 저
항을 모두 내보낸다는 생각으로 크게 내쉬어도

좋습니다. 깊은 한숨을 내쉬듯 '하!' 하고 말이에요. 들숨에 흉곽을 크게 확장했다가 날숨에는 모든 것을 뱉어낸다는 느낌으로 몸을 움츠려도 좋습니다. 반드시 정적으로 명상에 임할 필요는 없습니다. 숨을 뱉을 때마다 '나는 모든 저항을 내보낸다'고 마음속으로 외칩니다. 3번과 4번의 확언을 내게 효과적으로 느껴지는 가장 좋은 문장으로 바꾸셔도 됩니다.

5

가장 아름다운 세상을 그려봅니다.

내가 생각하는 가장 아름다운 세상을 그려봅니다. 어린 시절 만화영화에서 보았던 유리 궁전도 좋고, 유니콘이 뛰노는 호수도 좋습니다. 햇살을 통해 프리즘이 반짝이는 모습을 바라보고, 가장 완벽한 온도와 습도의 공기를 온몸으로 느껴봅니다. 세상은 사실 이렇게 아름다운 곳이며, 내가 허용하기만 한다면 이런 세상이 매일 꿈처럼 펼쳐질 것임을 믿어봅니다. 아름다운 빛이 하늘에서 쏟아져 내 몸을 따스하게 감싸고, 숨 쉴 때마다 세상에서 가장 맑은 공기가 내 몸을 깨끗하게 씻어주는 것도 느껴봅니다.

6

가장 좋은 것들을
삶으로 초대하고 허용합니다.

다시 한번 입꼬리를 올리고, 조금 가벼워진 마음의 상태로 허용하는 확언을 반복합니다. 저는 '나는 가장 좋은 것들을 삶으로 초대하고 허용한다' '내가 노력하지 않을 때에도 최고의 에너지는 늘 나를 향해 있다' '좋은 것들을 부르는 것은 내가 잊고 있던 나의 자연스러운 능력이다'와 같은 문장을 자주 반복했습니다. 내게 좋은 확언을 몇 가지 정해두고 매일 반복하는 것이 좋습니다. 마음속으로 말하는 것이 와닿지 않는다면 소리 내어 말해도 괜찮아요.

7

빛의 샤워를 받으며 명상을 마무리합니다.

'빛의 샤워'는 어떤 상황에서든 바로 기분이 전환되는, 제가 자주 사용하는 방법입니다. 하늘에서 아름다운 빛이 쏟아져 나를 축복한다는 느낌으로 예쁜 빛의 입자들을 상상하는 거예요. 몇 분 동안 마음속에서 이룬 평온이 오랫동안 나와 함께하길 기원하는 마음으로, 그리고 이 빛의 입자들이 내 곁을 지켜줄 것이라는 믿음으로 기분 좋게 천천히 눈을 뜹니다.

팬데믹 시대를 위한 명상

"인간은 불확실성에 대해
큰 두려움을 느낍니다."

2019년 말에 시작된 세계적 전염병으로 인해 2020년은 모두에게 힘든 한 해였습니다. 흔히 겪던 독감(인플루엔자)과는 비교도 할 수 없을 정도의 전염력을 가진 바이러스에게 자유를 빼앗겼다고 느꼈죠. 인간은 알지 못하는 것, 확실하지 않은 것에 가장 큰 두려움을 느낍니다. 그래서인지 올해는 건강에 대해 큰 걱정 없이 살아온 사람들도 많이들 건강염려증을 앓으신 것 같아요. 게다가 호흡기질환이기 때문에 더욱 생존 그 자체에 대한 위협으로 다가왔습니다. 모든 사람은 숨을 쉬고, 숨을 쉬어야 살 수 있는데, 숨을 쉬면서 전파가 된다니 불안할 수밖에요. 그런 점에서 코로나19는 큰 상징성을 갖는다고 느껴집니다.

제가 약 1년간 팬데믹을 겪으며 깨달은 것은 크게 세 가지로 정리됩니다. 첫 번째 깨달음은 우리가 우리의 집이자 우리 자신이라고 말할 수 있는 지구에게 준 아픔을 고스란히 느끼게 되었다는 거예요. 당장 내게 닥쳐온 불편에 대해 어떤 국가나 집단을 탓하기는 쉽습니다. 그러나 이 모든 상황이 전 세계 77억 인구가 함께 만들어냈다는 걸 인정하기란 어려운 일이지요. 저는 오늘의 팬데믹에 분명 제 책임이 있다고 믿습니다. 언제나 환경을 아끼려 노력하며 살아왔지만, 이번 계기를 통해 지금까지의 발자취를 다시 한번 돌아보게 되었고, 자연에 미치는 영향을 줄이려면 어떻게 살아야 할까에 집중하며 마음을 다스렸습니다. 마음은 한 번에 한 가지에만 집중할 수 있으니 해결할 수 있는 방법에 집중하기로 선택한 것이죠. 걱정을 할 때 일어나는 생각과 해결책을 찾을 때 일어나는 생각은 뇌의 서로 다른 부분에서 이루어집니다. 후자에 집중하면 감정적 소모를 막을 수 있지요.

그렇다면 미래를 위해 내가 할 수 있는 것은 무엇일

까요? 당장은 마스크를 잘 쓰고 개인위생을 철저히 챙기는 등 방역지침에 따르는 것이 중요하겠죠. 그런 다음에는 생태계 교란이나 기후 위기에 대해 충분히 공부하고, 더는 우리의 터전을 망치지 않도록 노력해보면 어떨까요. 어떤 종류의 문제에 부딪히더라도 눈앞의 위기보다 전체의 그림을 인식하는 것이 중요하다고 저는 믿습니다. 그럴 때 우리의 마음도 더욱 편안해지고요.

두 번째 깨달음은, 인간의 개체자아는 불안을 느끼면 더욱 강하게 나와 타인을 분리하려 한다는 거예요. 요즘처럼 힘든 시기에는 화합해서 서로 이해하고 위기를 헤쳐나가려는 마음보다 '적'이라고 인식되는 대상, 즉 나에게 병을 옮길 수 있거나 내 자유에 방해가 되는 사람을 배척하려는 마음이 일어나기가 더 쉽습니다. 이는 본능적인 일입니다. 인간은 동물이고, 자신의 생존을 위협한다고 느껴지는 것을 경계하기 마련이니까요. 하지만 주의를 기울이며 일상생활을 해도 바이러스에 걸리거나 전파하고 마는 경우도 있지요. 그럼에도 언론의 보도나 SNS에 짜깁기된 자료를 보면 아무에게나 미움이 일어나기가 참 쉽습니다. '나는 아무리 답답해도 집에 머물며 최선을 다하는데, 이기적인 사람들은 실컷 돌아다니며 피해만 주네'라는 생각이 바이러스보다 쉽게 퍼지는 것 같아요.

뉴스라는 것은 많이 노출될수록 큰 이윤을 창출하기에 부정적 감정을 일으키도록 만들어집니다. 이 시스템의 옳고 그름의 문제를 떠나, 내게 이롭지 않다고 판단되는 것이라면 보기를 멈추세요. 방역지침만 잘 체크하고 준수하면 됩니다. 범죄와 관련된 뉴스를 하루 종일 보면 당장이라도 비슷한 일이 일어날 것처럼 불안해지는 것과 마찬가지로, 바이러스에 대한 뉴스를 종일 보면 꼭 내게도 전염될 것만 같아 두려워집니다. 많이 알아야 피할 수 있다는 생각으로 불필요한 정보까지 접하게 되는 일이 흔하죠. 필요한 정보만 선별적으로 흡수하여 스스로 마음 건강을 돌보아야 합니다.

인간은 사회적 동물입니다. 서로 연결되었을 때 행복하며 안정감을 얻습니다. 깊은 내면의 나는 누군가를 욕하고 미워하는 것이 아니라 함께 건강하길 바라고 있을 거예요. 누군가를 배척하고 미워하고 싶은 마음은 내가 지금 힘들고 지쳐 있다는 걸 보여주기도 하죠. 그러니 미움이 들 때마다 의식을 자신의 내면으로 가져와 나를 충분히 다독여주세요. 삶에 대해, 우리의 유기적 관계에 대해, 그리고 앞으로의 세상에 대해 깊이 사유해보는 시간도 충분히 가지면 좋겠죠.

마지막 깨달음은, 가장 효과적이고 가장 강력한 백신은 개개인의 튼튼한 면역이라는 겁니다. 건강한 음식을 먹고 건강한 생각을 하며 많이 움직이는 건강한 생활을 하면 평생 병이 두렵지 않다는 것이 제 믿음입니다. 회사에서도 팀원 모두가 감기에 걸릴 때 마지막까지 걸리지 않는 사람이 반드시 있어요. 아이를 키우면서도 느끼지만, 여름이면 기승을 부리는 수족구 같은 전염병에 걸리지 않는 아이들이 반드시 있습니다. 결국 면역의 문제죠.

하지만 우리의 마음은 불안할 때 자극적인 음식을 찾습니다. 튀긴 음식, 맵고 짠 음식, 단 음식이 골고루 당기죠. 게다가 이런 음식들은 참 쉽게도 클릭 몇 번이면 집으로 배달되고요. 자극적인 음식이 당길 때면 내 마음이 불안정함을 깨닫고 명상이나 운동을 해보세요. 마음이 불안할 때를 기회 삼아 몸을 다스려보는 거예요. 가벼운 몸은 가벼운 정신과 마음이 깃드는 것을 돕습니다. 요가와 명상과 같은 활동으로 순환과 안정을 도모하며 클린푸드를 섭취해보세요. 바이러스가 내 몸을 이기지 못한다면 가장 좋지 않겠어요?

백신과 치료제만을 기다리는 것은 삶의 주도권을 외부에 맡기는 것과 비슷하다고 느낍니다. 백신이나 치료제를 기피해야 한다는 것은 아닙니다. 다만, 소중한 몸과 마음을 다스리는 것이 우리가 잊고 사는 기본이라는 의미입니다. 술을 마시고 담배를 피우고 밤새 텔레비전을 보면서 건강을 챙긴다며 이런저런 영양제를 복용하는 것은 현대인에게 흔한 일이 되었습니다. 내가 돌보아야 할 내 건강을 습관적으로 의료산업이나 제약산업에 맡겨버리려는 마음을 돌아보아야 합니다. 많은 분들이 바이러스에 대한 두려움으로 삶의 소중함을 느끼셨을 거예요. 삶이 소중한 만큼 자신의 몸을 아끼고 사랑하는 습관을 들여보세요.

나의 면역력을 올리는 것은 집단에게 도움이 되는 일이기도 합니다. 내가 건강한 삶을 살면 그 맑은 기운을 주변에 나눠줄 수 있고, 함께 지내는 사람들이 나의 영향을 받아 함께 건강해집니다. 건강한 삶을 사는 사람들이 많아지면 전염병이 세상에 미치는 영향도 당연히 줄어들겠죠. 진짜로 세상에 도움이 되는 것은 내가 굳건한 면역력을 갖고 사는 일일지도 모릅니다.

전염병에 대한 불안을 해소하는 명상

1

편안한 장소를 찾아 편하게 앉습니다.

2

한 손을 가슴 한가운데에,
다른 손을 명치에 얹습니다.

3

코를 통해 숨을 들이쉬고
입을 통해 내쉬기를 몇 차례 반복합니다.

흉곽의 움직임을 충분히 느끼며 호흡합니다.

4

천천히 넷을 세며 코로 숨을 깊게 들이쉬면서
흉곽을 앞, 뒤, 양옆으로 최대한 벌려봅니다.
같은 속도로 넷을 세며 입을 벌린 채로
'하!' 하고 소리 내듯 숨을 세차게 뱉습니다.

숨을 들이쉴 때 어깨도 자연스럽게 벌어집니다. 내쉴 때는 걱정과 불안을 뱉어버린다고 생각하며 내쉽니다. 갈비뼈가 오므라들고 등이 동그랗게 말릴 정도로 숨을 시원하게 뱉습니다.

5

호흡을 거듭할 때마다
갈비뼈 사이사이가 벌어지고
주변의 근막까지 자극되는 것을 느낍니다.

독소를 제거한다고 생각하면 좋습니다. 평소 경직되어 있는 우리의 흉곽을 유연하게 풀어주는 과정입니다. 하지만 갑자기 산소가 많아지면 어지러워질 수 있으니 내게 맞는 속도와 강도를 찾아 여러 번 반복합니다.

6

**탁기를 충분히 뱉어냈다고 느끼면,
들숨을 통해 건강한 에너지를
내 몸에 채웁니다.**

호흡이 코를 지나 내 몸 구석구석으로 향하는 것을 시각적으로 그려봅니다. 환하고 밝은 빛으로 상상하면 도움이 될 거예요.

7

**마음속으로 몇 가지 확언을
반복해 말해봅니다.**

'나는 건강하다' '나는 안전하다' 혹은 '내 몸

을 구성하는 세포들은 건강하고 온전하다'와 같은 확언들을 마음속으로 되뇌며 내 몸과 양 손바닥이 맞닿은 부분을 통해 안정감을 느껴봅니다. 누가 나에게 괜찮다고 말해주듯, 그 연결감과 온기를 느껴봅니다.

8

**마음이 편안해질 때까지 반복한 후
천천히 일상으로 돌아옵니다.**

나를 마주하고 비우는 쓰기 명상

"내 감정을 부정하고
수치심을 느끼는 일을 멈추세요."

흔히 '명상'이라고 하면 우리는 정적인 활동을 떠올리죠. 하지만 저는 무언가에 고도로 집중해서 무의식에 가까워지는 모든 활동이 명상이 아닐까 생각하곤 합니다. 외부의 자극으로 인해 생각이 급격히 많아질 때 우리는 '머리가 터질 것 같다'고 느낍니다. 슬픔이나 화, 원망처럼 우리를 힘들게 하는 감정이 휘몰아칠 때는 어딘가 쏟아낼 곳이 필요하다고 느끼고요. 그럴 때마다 제게 큰 도움이 되어준 동적인 명상법 '쓰기 명상'을 소개하려 합니다.

감당하기 힘들 정도로 잡념이 휘몰아칠 때, 꼬리에

꼬리를 무는 생각을 밤새 뜬눈으로 따라가기로 결정할 수도 있지만, 명상을 통해 비우는 것을 선택할 수도 있죠. 가만히 앉아 눈을 감고 무언가에 집중하는 명상을 할 수도 있지만, 글로 풀어내며 나의 깊은 내면과 마주할 수도 있습니다. 그때그때 자신에게 맞는 것을 택하면 된다고 생각해요.

쓰기 명상의 포인트는 정해진 시간 동안 '멈추지 않고' 머릿속에 떠오르는 모든 것을 적어야 한다는 것, 그리고 다 쓴 후에는 마구 찢어서 휴지통에 버려야 한다는 것입니다. 멈춤 없이 써야 하는 이유는 우리의 이성이 쏟아냄의 과정을 통제하는 것을 막기 위해서입니다. 사실 우리가 100퍼센트 자기 자신으로 존재하는 시간은 매우 드물어요. 다른 사람을 의식하는 것이 몸에 배어 있기에 혼자 있을 때조차 온전한 자신으로 머물지 못하죠. 자신의 방에서 혼자 글을 쓰면서도 맞춤법이나 문법이 틀리진 않을까 염려하고, 필체가 예쁘지 않아 불만을 느끼고, 내용이 너무 비도덕적이거나 험악하진 않나 무의식적으로 걱정에 사로잡히는 것도 그래서입니다. 깊은 곳에 있는 사념을 오롯이 꺼내기가 힘들 수밖에 없죠. 하지만 멈추지 않고 휘갈겨 쓰고 화풀이하듯 찢어서 버릴 마음을 먹고 글을 쓰면 그 과정이 한결 수월해집니다.

우리는 때때로 가족에게 불같이 화가 나거나 직장에서 속상한 일을 겪습니다. 연인이나 배우자에게 크게 실망할 때도 있고, 오랜 친구와 다툴 때도 있죠. 어떤 경우든 정말로 솔직하게 자신의 마음을 꺼내는 것이 중요합니다. 쓰기 명상을 통해 꺼낸 마음은 아무도 듣지 않고 아무도 기억하지 않을 테니 안심하고, 쓰레기통을 비우듯 내 안을 채우고 있는 모든 생각을 여과 없이 쏟아냅니다. '내 이야기를 다 들어주고 공감해주고 잊어줄 수 있는 사람이 있다면 얼마나 좋을까' 하고 생각해본 적이 있을 거예요. 내 노트가 그걸 해준다고 생각하면 됩니다. 원한다면 친구와 대화하듯 적어보세요. 예를 들면, '아까 엄마가 그런 이야길 해서 식탁을 엎어버리고 싶었어. 어떻게 생각해?'라고 쓰고, 이어서 '당연히 열받지. 엄마가 되어서 어떻게 자식한테 그런 말을 할 수 있어?'라고 쓰는 겁니다. 누군가가 내 이야길 듣고 내게 해주었으면 하는 이야기들을 내가 나를 위해 쓰는 것이죠.

평소 윤리적 관념에 따라 자신을 통제하는 힘이 강

한 분들께는 더더욱 자신이 할 수 있는 가장 못된 말을 적어보라고 권하기도 합니다. 괴로운 와중에도 언어를 가려 쓰려는 자신을 발견하셨나요? 그렇다면 있는 그대로의 나 자신을 더 수용해야 한다는 의미로 받아들이세요. 이성의 통제를 받지 않을 때 드러나는 모습도 나의 모습 중 하나입니다. 자신의 생각과 감정을 날것 그대로 마주하는 과정에서 얼마나 큰 수치심이 일어나는지도 알아차려보세요. 감정이 일어나는 것은 인간이기에 당연한 것이지 한심하거나 부끄러운 일이 아니라는 것을 다시 한번 강조하고 싶습니다. 누군가에게 전달될 편지가 아니니, 그저 쏟아냄에만 집중하세요. 단 10분뿐이니까요.

저는 분노조절장애로 괴로웠던 시기에 북북 찢기 좋은 스프링 노트 한 권을 정해두고, 험한 말을 쏟아내며 마음을 정화했답니다. 그래서 저는 이 쓰기 명상을 '욕받이 노트'라고 불러요. 이 명상은 감정적으로 자유로워지도록 돕는 탈출구이자 건강한 일탈행위입니다. 처음에는 '내 안에 이렇게 많은 생각이 있다고?' 하며 놀라지만, 시간이 지날수록 자신을 마주하고 배워가는 귀중한 경험이 될 거예요.

1

방해받지 않는 편안한 공간에 찢기 쉬운 종이와
필기구를 준비해 편하게 앉습니다.

2

지금 느끼는 감정을 추스리려 하지 말고,
오히려 적극적으로 꺼낼 준비를 합니다.

3

타이머를 설정합니다.

유지 시간은 10분에서 15분 정도로 설정해둡

니다.

4

조명을 조금 어둡게 합니다.

너무 밝은 곳에서는 이성적인 마음이 더 강하게 작용할 수 있습니다. 조명을 끄고 간접 조명이나 스탠드 조명에 의지해도 좋습니다.

5

타이머가 울릴 때까지
떠오르는 생각을 마구 적습니다.

글씨가 엉망이어도 좋고, 문법이며 맞춤법이 죄다 틀려도 좋습니다. 쓰레기를 예쁘게 버리려고 노력하지 않듯, 이 과정 또한 거르지 말고 아무렇게나 하려고 노력해보세요.

6

한 순간도 쓰기를 멈추어서는 안 됩니다.

중간에 갑자기 머리가 뿌예져 쓸 말이 생각나지 않을 땐 '무엇을 써야 할까'와 같이 의미 없는 문장이라도 되풀이해서 계속 써나갑니다. 가능한 한 가장 격하게 내 마음을 풀어내세요. 내가 가진 도덕적 가치에 크게 어긋나는 표현이 아무리 많이 쓰여도 괜찮습니다. 쓰기를 멈추는 순간 이성적 마음이 나를 통제하려고 하니 절대 멈추지 마세요.

7

노트를 찢어서 버립니다.

타이머가 울리면 쓰기를 멈추고 마지막 남은 감정을 담아 갈기갈기 찢어서 버립니다.

8

필요할 때마다 반복합니다.

죽고 싶다는 생각이 들 때

"죽고 싶다고 생각하는 것은
죄를 짓는 게 아니에요."

고통스러운 삶에 갇혀 있을 때, 자살은 흡사 비상 탈출 버튼처럼 느껴집니다. 저 역시 십수 년 동안 습관적 자살충동을 홀로 다스리며 외로운 시간을 보냈습니다. 다들 정상적으로 살아가는데 나만 죽고 싶어 안달하는 병자 같았죠.

자살충동을 느끼는 원인은 사람마다 다릅니다. 학대, 외상후스트레스장애, 트라우마, 심한 감정 기복, 우울증, 충동조절장애, 자기사랑과 자기존중의 부족, 삶에서 맞닥뜨린 큰 변화, 경제적 빈곤, 알코올의존 증… 혹은 몇 가지 원인이 복합적으로 작용하기도 하고요. 저도 이 같은 이유들이 하나둘 차곡차곡 누적되어, 나중에는 저녁 메뉴를 고르듯 죽을 생각을 할 정도로 빈번하게 자살충동을 느꼈습니다.

지금 내 현실을 아무리 둘러보아도 희망을 갖는다는 것은 상상할 수도 없고, 내가 나 자신을 그 누구보다 경멸하며, 내가 꿈꿔온 삶 또한 산산조각 났을 수 있습니다. 나를 도와줄 수 있는 사람이 아무도 없는 것 같은데 심지어 나를 학대하는 사람까지 있다면 죽음 말고는 답이 없다고 느껴질 거예요. 마음을 다잡아보려 마음공부를 시작했는데, 그 마음공부마저 나에겐 짐처럼 느껴질 수도 있어요. 남들은 자신의 삶이 변했다고, 긍정적인 것에 포커스를 맞추는 게 수월해졌다고 호들갑을 떠는데, 나에게는 그들이 아무 생각 없이 사는 천치처럼 보이고 온 세상의 부정적인 면밖에 보이지 않습니다. 그야말로 내가 실존하는 최악의 존재처럼 느껴지기도 해요.

자살충동이 든다고 털어놓으면 주변 사람들은 위로가 되지 않는 위로를 합니다. '부모님을 생각해. 네가 죽으면 얼마나 힘드시겠어?' '너보다 더 힘든 사람도 많아. 정신 차려!' '죽으면 모든 게 해결될 것 같아?' 하고요. 사실은 부모님에게 내가 이만큼 힘들다는 것을 알리기 위해 죽을 생각을 하는 경우도 많고, 나보다 힘든 사람들조차 나보다 열심히 사는 것 같으니 그게 더 큰 자괴감을 들게 하고, 문제를 해결하기 위해서가 아니라 탈출 말고는 할 수 있는 게 없어서 죽고 싶은 건데 말이에요. 물론, 그들 역시 자신이 할 수 있는 최선의 위로를 건넨 것이겠지만, 위로를 듣는 나는 누구에게도 이해받지 못한다고 느끼고 더욱 비참해집니다.

자살충동을 다스리는 데에 도움이 될 만한 몇 가지 방법을 소개합니다. 제 경험을 바탕으로 한 것이라 일반적인 견해와는 조금 다를 수 있지만, 큰 부담이 되지 않는 선에서 차근차근 적용하면 마음이 조금 가벼워질 거예요.

첫째, '스스로에게 너그러워지기 프로젝트'를 시작하는 겁니다. 자살충동을 느낀다는 것은 잘못된 것도, 죄를 짓는 것도 아니에요. 내가 평생 나 자신에게 누구보다 혹독했다는 증거일 뿐입니다. 이제 그 증거를 만났으니 나 자신에게 누구보다 너그러워지는 연습을 할 때입니다. 세상의 풍파가 아무리 몰아쳐도 자신에게 너그러운 사람은 삶을 포기하고 싶다는 생각까지 가기가 쉽지 않습니다. 하지만 자신에게 혹독한 사람들은 점점 더 혹독한 현실로 자신을 몰아넣고, 결국 숨통이 끊어질 것 같다고 느끼게 되죠. 여기서 혹독하다는 것은 실제로 고군분투하며 성실하게 산다는 것을 의미하는 것이 아닙니다. 행동과는 무관하게, 늘 마음이 혹독하다는 거예요.

마음속에 불지옥을 튼튼하게 지어두고 살던 2009년, 〈아마존의 눈물〉이라는 다큐멘터리를 보며 인간의 본성에 대해 생각했습니다. 한 부족에서 사냥을 잘하는 남성은 사냥을, 사냥에 별 소질이 없는 남성은 다른 일을 하며 서로 부러워하거나 원망하지 않고 즐겁게 매일을 살더군요. 우리 사회였다면 질투가 일어나거나 업신여기는 일이 생기고, 싸움으로 이어졌을 거라는 생각이 들었어요. 주변 사람들도 그 둘을 비교하며 이러쿵저러쿵했겠지요. 또, 누군가가 토라지면 다른 사람들이 달려가 간지럼을 태워 특별한 대화도 없이, 웃음으로 모든 것을 정화하는 모습도 인상 깊었습니다. 비교하거나 경쟁하고, 자신의 가치를 끊임없이 측정하려는 모습은 찾아볼 수 없었어요.

더 잘나가는 사람이 되려고, 더 자랑스러운 자식이

되려고, 더 멋진 배우자를 만나려고, 더 부자가 되려고, 더 예쁘고 멋지고 날씬해지려고 노력하는 것을 모두 멈추세요. 그러고는 자신에게 너그러워지는 것에 한동안 집중하세요. 우리는 잘난 사람이 되려고 태어난 것이 아니거든요. 사냥을 잘하면 사냥을 나가고, 달리기에 소질이 없으면 집을 지키면 됩니다. '내가 지금보다 더 너그러워져도 되는 걸까? 이러다 낙오자가 되는 건 아닐까?' 하는 생각이 들 때면 정말로 자신에게 쉴 공간을 주지 않고 있다는 것을 알아차리시길 바랍니다.

둘째, 독이 되는 관계를 정리하는 겁니다. 살기 싫어지는 이유에 크게 공헌하는 인간관계가 있다면, 그 인연을 정리하세요. 깊지 않은 인연이라면 정리하기가 비교적 쉽겠지만, 가족이거나 연인의 경우 고민 끝에 스스로 고통을 감내하도록 강요하는 경우가 잦습니다. 인간관계가 육체의 건강에 미치는 영향에 대한 연구에 따르면 극도의 스트레스를 야기하는 인간관계를 가진 경우 심장병을 겪을 위험이 커진다고 합니다. 독약 같은 인간관계를 보전하자고 삶을 포기하기엔, 그 관계를 벗어난 후 누릴 수 있는 것들이 너무나 많습니다.

나는 그것들을 누릴 자격이 충분하고요.

　가시밤송이를 있는 힘껏 껴안고 피를 흘리며 아프다고 하소연하는 분들을 많이 봅니다. 그 밤송이를 내려놓고 갈 길을 가면 모든 문제가 해결될 텐데, 밤송이를 쥔 사람은 내려놓지 못할 이유만 곱씹고 있으니 쉽지 않아요. 나 자신에게 너그러워지려면 나 자신을 지키는 법부터 익혀야 해요. '이 정도도 못 견뎌?'라는 생각보다 '내가 견딜 필요 없어'라는 생각을 더 자주 했으면 좋겠습니다. 그리고 밤송이를 내려놓으세요.

　셋째, 밤을 혼자 보내지 않는 겁니다. 죽고 싶다는 생각이 드는 밤에는 더더욱 함께할 친구를 찾으세요. 대낮보다 한밤중에 충동적 행동을 더 많이 하게 된다는 것에 모든 사람이 동의할 거예요. 밤만 되면 다음 날 내가 더 큰 루저가 되어버릴 것 같습니다. 이불까지 뒤집어쓰고 아무것도 마주하고 싶지 않게 만드는 것이 밤 아닌가요? 나를 힘들게 하는 사람이 아니라면, 누군가의 곁에서 밤을 보내는 것이 큰 도움이 될 거예요. 그 사람과 마음속 이야기를 나누어도 좋고 나누지 않아도 좋습니다. 혼자 있지 않다는 게 중요하죠. 깊은 이야기보다 가벼운 수다가 때로는 도움이 될 수 있고요.

가끔은 친구 집에 가서 자고 오는 것도 좋습니다. 삶을 환기하는 계기가 되거든요. 내가 매일 우울한 마음을 갖고 지내는 내 방은 '내가 우울하게 지내는 곳'이라는 보이지 않는 문패를 달고 있을 거예요. 해가 들도록 커튼을 잘 열고, 환기도 자주 하고, 한번씩 다른 사람의 공간에 가서 지내보는 것이 좋습니다. 그럴 때마다 타인에게 피해를 끼치는 건 아닐까 걱정이 올라온다면, '자신에게 너그럽기'를 마음속으로 세 번 읊으세요. 내가 나에게 너그러워지면 세상도 나를 향해 너그러운 마음을 내기 시작할 거예요.

넷째, 내 감정을 존중하는 습관을 갖는 거예요. 화가 날 때, 슬플 때, 울적할 때, 외로울 때… 언제든 내가 느끼는 감정이 지금 내 상황에 가장 정상적이라는 것을 스스로에게 알려주세요. '이게 이렇게까지 느낄 일이야?'라고 자책하는 것이야말로 나 자신을 부정하는 지름길입니다. 나 자신을 부정하면서 내 삶을 살아갈 힘을 찾을 수는 없습니다. 누가 나에게 부정적이라고 핀잔을 주더라도 '내가 내 감정을 알아차리고 인정해줄 수 있어서 다행이다'라고 생각하며 심호흡해보세요. 내가 다른 사람의 감정을 인정해줄 필요가 없듯 다른 사람도 내 감정을 인정해줄 필요가 없어요. 하지만 나는 내 감정을 인정해주어야 합니다. 감정이 일어나는 것에는 늘 이유가 있거든요.

저는 세상 모든 것이 지옥으로 보이는 긴 시간을 지나 모든 것이 환희로 가득해 보이는 오늘을 살고 있습니다. 예전엔 봄에 벚꽃이 만개하는 것이 슬펐습니다. 어차피 금세 질 꽃이 왜 피어야 하는지 이해가 되지 않는다며 분개했고, 꽃들처럼 사라져버릴 나의 삶도 허망하다 느꼈죠. 그러면 또다시 '죽어야겠어' 하는 생각이 일어났고요. 하지만 지금은 낙엽이 지는 것을 보아도 나무들의 아름다운 월동준비라고 느낍니다. 모두가 공원에서 피크닉을 즐기는 계절에도 어두운 방에서 혼자 술만 마시던 제가, 이제 푹푹 찌는 여름날에 개똥을 밟아도 '나와 같은 자릴 지나간 강아지는 어떤 강아지였을까?' 생각하며 낄낄 웃는 사람이 되었습니다.

제가 삶을 바꾼 과정에서 힘이 된 것은 사실 '삶을 바꾸려는 노력'이 아닌 '나 자신을 수용하려는 노력'이었습니다. '괜찮아' '충분해' '잘했어' '이 정도면 됐지' '내가 만족하면 돼' '영원한 내 편은 나'와 같은 말들을 꾸준히 나 자신에게 들려주고, 뻔뻔해 보일 정도로 스스로에게 너그러워지려 노력했습니다. 그러기 위해서는 매 순간 내가 느끼는 복잡한 감정부터 인정해주어야 했죠. 누군가 내게 공개적으로 망신을 주면 당연히 수치심과 모멸감이 일어나요. 예전의 저는 '내가 똑바로 했으면 저 사람이 안 저랬을걸?' 혹은 '애도 아니고 이게 수치심 느낄 일이야? 피곤하게 굴지 말고 쿨하게 넘겨' 같은 말로 자신을 괴롭혔습니다. 그렇게 같은 일이 반복되면 결국 자신의 존재를 부정하게 되고, 더 살고 싶지 않아지죠. 이런 상황에서 '수치스러운 게 당연해. 많은 사람이 그렇게 느낄걸? 에구, 딱해라. 화장실에 가서 속 시원하게 좀 울까? 아니면 조퇴하고 코인노래방에라도 가자!' 같은 말을 해줄 수 있어야 해요. 누가 내게 해주었으면 하는 말을 내가 제일 먼저 해주는 거죠.

다섯째, 앞서 소개한 다양한 명상법 중 내게 꼭 필요한 명상을 습관처럼 행하는 것입니다. 나에게 중요한 것이 무엇인지, 어떤 것이 필요한지는 스스로 판단하면 됩니다. 용서할 사람이 있다면 용서하는 명상을 해보세요. 용서할 사람이 매일 새로 생기면 매일 해도 되고요. 나 자신을 안아주는 것이 필요하다면 자기사랑 명상을, 생각이 너무 많다면 생각을 흘려보내는 명상을 하는 거예요. 정해진 순서 없이, 그날 가장 구미가 당기는 것을 정답이라 여기면 됩니다. 여러 명상이 한꺼번에 필요할 수도 있고요.

제 유튜브 채널 특성 때문인지, 저는 죽고 싶다고 느끼는 분들을 참 많이 만납니다. 하지만 누굴 만나든 제 눈에 보이는 것은 놀이터에서 만난 해맑은 아이들처럼 반짝반짝 빛나는 존재였어요. 입은 옷이나 눈빛, 표정, 몸짓언어와 같은 보여지는 것들을 제가 워낙 분별심 없이 바라보는 편이라 더욱 그럴 수도 있지만, 저로서는 그분들이 왜 스스로를 경멸하는지 헤아려지지 않았습니다. 그 감정적 상태는 무엇인지 알지만, 오히려 머리로 이해가 안 되는 것이죠. 인간으로 살아가는 우리는 저마다 뇌에 각인된 방향으로 자신을 바라보고 평가합니다. 부족한 면을 바라보도록 학습되었다면 스스로를 못나고 수치스럽고 한심한 존재라고 여길 수밖에 없겠구나 싶었습니다. 과거의 자신이 투영되어 많은 생각을 하게 됩니다.

우리나라의 2019년 자살률이 10만 명당 26.9명으로, OECD 평균인 11.3명의 2배가 넘는다고 하죠. 우리의 경제가 지난 50년간 발전하고 넉넉해진 만큼, 이제 우리의 마음도 함께 풍족해지면 참 좋겠습니다.

제3부

묻고 답하기

mindfulness

'현존하기'는 왜 이렇게 힘든가요?

평온한 삶을 살기 위해 '지금 이 순간'에 집중하는 것이 중요하다고 자주 말씀드립니다. 우리는 명상과 같은 활동을 통해 과거와 미래를 바삐 오가는 마음을 붙잡아 현재에 존재하게 하는 '현존'을 배우죠. 하지만 한 번도 그렇게 살아보지 않았기에 현존하기가 무척 어렵게 느껴집니다. 자꾸만 과거에 대한 후회나 미래에 대한 걱정에 사로잡히는 데다 한번 걱정이 일어나면 온갖 부정적 생각이 꼬리에 꼬리를 물죠.

현재에 집중하지 못한다는 것은 정신이 맑지 않다는 것을 의미하기도 합니다. 과거와 미래를 오가다 보면 멍해지는 일이 잦아 실수를 하거나 사고를 겪기도 합니다. 그렇다고 하루 종일 명상만 할 수도 없고, 경제활동을 하고 사람들과 상호작용하는 이 바쁘고 시끄러운 일상에서 정신을 바로잡는 일이 힘들게만 느껴지죠. '머리로는 알겠는데 실천이 어려워요'라는 말을 자주 듣습니다. 그럴수록 명상을 생활화하는 것이 중요하다고 생각해요. 게다가 명상의 생활화는 아주 쉬워요. 매 순간 100퍼센트 임하기만 하면 됩니다.

예를 들어, 손을 씻을 때 다른 생각에 잠기지 말고 물의 온도와 촉감, 비누의 향기에 집중해보세요. 어떤 행동을 하면서도 의식은 늘 다른 곳에 가 있지 않던가요? 심지어 나를 포함한 불특정 다수의 생명이 달려 있는 운전을 할 때조차 우리는 라디오며 음악, 스마트폰에 주의를 빼앗깁니다. 운전을 하며 현존하고 싶다면 핸들을 잡은 손의 감각과 핸들의 움직임, 양발의 감각에 집중하는 것이 좋겠죠. 내 앞의 차와 그 앞의 차를 주시하고, 옆 차선, 그 옆 차선의 차들까지 주의 깊게 인지하는 거예요. 감각에 집중함으로써 지금 내가 있는 상황에 온전히 집중하고 마음의 고요를 찾는 것. 생활 속에서 할 수 있는 명상적 활동입니다.

밥을 먹을 때도 마인드풀 이팅mindful eating을 습관화하면 몸과 마음에 더 건강한 식사를 할 수 있습니다. 스마트폰이나 텔레비전에 마음을 빼앗기지 말고, 음식을 몸에 욱여넣지 말고, 음식의 맛을 충분히 느껴보세요. 소중한 육체에 양분을 공급한다는 마음으로 임하는 것이죠. 이 식재료가 어디에서 어떻게 재배되었는지, 어떤 영양소로 구성되어 있고 내 몸에 들어와 어떤 고마운 일들을 해줄지 생각하며 음식의 맛과 향, 질감을 즐기는 것에 집중합니다. 이렇게 먹어보면 내가 평소에 해왔던 식사와 얼마나 다른지 실감할 수 있습니다.

걸음을 걸을 때도 현존 연습을 할 수 있어요. 우리는 많든 적든 매일 어느 정도 걷습니다. 하지만 오가는 사람들을 가만히 지켜보면 걷는 것인지 다른 세상에 가 있는 것인지 분간하기 어려울 때가 많아요. 스마트폰에 온 정신을 빼앗긴 채 걷던 두 사람이 부딪힐 뻔하거나, 정말 부딪히는 일도 흔하죠. 집 앞에 쓰레기를 버리러 갈 때는 어떤가요? 잠시나마 머리를 비울 수 있는 귀한 이 순간에도 우리는 온라인 세상에 의식을 맡긴 채 걸어갑니다. 보행에 온전히 집중하며 걸음을 내디뎌본 게 언제였나요? 혹시 첫 걸음마를 시작할 때 넘어지지 않으려고 집중했던 것이 마지막은 아닐까요? 걸음을 걸을 때도 한 발 한 발, 발바닥이 땅을 디딜 때의 감각과 신발의 느낌에 집중해보세요. 어딘가에 빼앗기는 것에 더 익숙했던 나의 의식을 지금 이 순간에 모아보세요.

업무를 처리할 때, 육아를 할 때, 혹은 집안일을 할 때도 '하기 싫다'는 마음이 일어나는 순간 우리는 여행 갈 궁리, 쇼핑할 궁리, 드라마 볼 궁리를 하며 지금 하는 일에 온전히 집중하지 못합니다. 그리고 그렇게 집중하지 못함으로써 그 일을 더 하기 싫어지죠. 악순환이 반복되고 이도 저도 아닌 상태로 시간이 흐르면 삶이 허무하게 느껴지고 무력감에 빠지기도 합니다.

사방에서 들려오는 음악, 원치 않는 순간에도 보고 들어야 하는 광고, 사람들의 말소리와 도로의 다양한 소음이 종일 우리를 자극하며 집중을 방해합니다. 사회의 변화에 적응하느라 우리는 지금 이 순간에 존재하는 법을 잊었습니다. 하지만 바로 오늘부터 현존하는 연습을 해보면 어떨까요? 매 순간 집중하는 연습을 한 달만 해도 새로운 습관이 자리 잡습니다. 그렇게 현재를 100퍼센트 살게 되면 삶의 질은 수직 상승합니다.

많이 하면 습관이 됩니다. 자신도 모르게 현존하지 않는 습관을 갖게 되었다면 이제 연습을 통해 새로운 '현존 습관'을 들여보세요. 아직 익숙하지 않을 뿐, 현존은 결코 어렵지 않습니다.

명상을 시작한 후 자꾸만 혼자 있고 싶어져요. 정상인가요?

────────────────(─────────────────

명상을 배운다는 것은 지금까지와는 완전히 다른 삶을 살기 시작하는 일인지도 모릅니다. 바깥의 자극으로부터 자유로워져 나의 생각, 나의 감정을 들여다보게 되니까요. 이 명상을 가정에서도 학교에서도 가르쳐주지 않으니 주변 사람들과 다른 길을 택하는 거라 말할 수도 있겠죠.

'끌어당김의 법칙'에 대해 들어보고 공부해본 사람이라면 누구나 아는 말이 있습니다. '비슷한 것들은 서로 끌어당긴다.' 우리는 알게 모르게 자신과 비슷한 사람들과 함께 지냅니다. '유유상종'이나 '나는 내 주변 사람들의 평균이다'라는 말을 봐도 알 수 있죠. 하지만 명상을 통해 새로운 세상을 공부하고 나를 들여다보기 시작한다는 것은 본래의 나와 달라지는 일이고, 동시에 내 주변 사람들과 달라지는 일이기도 해요.

가까운 사람들과 동질감을 느끼며 이야기할 수 있는 주제가 하나둘 줄어드는 것도 자연스러운 일입니다. 조금 더 지나면 사람들이 나를 불편하게 느낄 수도 있어요. 친구들이 '예전처럼 내 이야기에 공감도 해주지 않고, 너 많이 변했어' 하고 불평하기도 합니다. 그런데 이럴 때, 많은 사람들이 '내가 변하기 시작하니 주변 사람들이 불편해지네'라고 알아차리기보다 '사람들이랑 있는 것보다 혼자 있는 게 좋아'라고 착각하는 것 같습니다.

이를테면, 야구를 좋아해서 야구 동호회에서 활동하다가 관심사가 바이올린 연주로 바뀐 사람은 늘 가던 야구 동호회에서 소외감을 느끼겠죠. 하지만 바이올린 연주를 즐기는 사람들을 만나면 즐겁게 소통하고 생활할 수 있을 겁니다. 익숙한 곳을 떠나 새로운 곳으로 옮긴다고 외로움을 느낄 필요는 없다고 생각해요. 아직은 자신을 들여다보는 사람의 절대적 수가 적다 보니 나와 연결할 수 있는 사람을 만나기 어렵다는 생각에 사로잡히기도 하지만요. 하지만 조금만 둘러봐도 생각보다 많은 사람들이 의식 있는 삶을 위해 다양한 활동을 하며 살아간답니다.

물론, 야구에 대한 이야기는 나누지 않더라도 야구 동호회에 남아 구성원 한 명 한 명의 내적 가치를 바라보며 잘 지낼 수 있다면 더할 나위 없이 좋겠죠. 하지만 당장은 힘들다면 언젠가 나와 비슷한 사람들과 인연이 닿을 거라고 믿고 일상을 살면 될 거예요. 지금은 친한 친구와 멀어지거나 좋아하는 사람들에게 거절당하고 비판당하는 일이 속상할 수 있어요. 하지만 먼 훗날 돌이켜보면 그 헤어짐이 나에게 좋은 변화의 시작이 되어준 경우가 아주 많습니다. 헤어지는 것은 나쁘다는 관념 또한 내려놓을 필요가 있겠죠?

마음공부를 하는데
현실은 조금도 변하지 않아요. 왜 그럴까요?

'마음공부'라는 말을 쓸 때마다 조심스러워집니다. 널리 쓰이는 말이니 사용하긴 하지만, 어릴 때부터 공부에 시달린 사람들에게 삶의 진리를 추구하는 과정마저 '공부'로 느껴지게 하는 건 아닐까 싶어 대체할 표현을 고민하곤 합니다. 혹여나 이 표현이 일종의 부담으로 느껴진다면 다른 표현으로 바꾸어 생각하셨으면 좋겠어요. '의식 있는 삶을 살기 위해' '마인드풀한 삶을 위해' '참된 나와 소통하기 위해' 등 여러 가지로 바꾸어볼 수 있겠습니다.

나름의 목적을 가지고 진리를 찾는 사람들이 늘어나고 있죠. 다양한 책도 나오고, 유튜브나 블로그 같은 플랫폼에서도 관련 콘텐츠를 쉽게 접할 수 있어요. 우리 모두가 스스로의 존재를 들여다보아야 할 만큼 세상이 어지러워졌음을 보여주는 것 같아요. '나는 왜 괴로울까?' 혹은 '세상은 왜 점점 살기 힘들어지는 걸까?'와 같은 의문을 품게 되고, 그를 통해 세상을 보는 새로운 눈을 여는 여정을 시작하죠.

'현실에서 크게 달라진 것이 없어서 자괴감이 들어요'라는 고민을 종종 듣습니다. 내 눈앞의 세상이 180도 달라질 것만 같았는데, 자꾸만 난관을 마주하니 좌절하는 경우도 많이 접합니다. 그럴 때마다 스스로 물으셨으면 하는 몇 가지 질문이 있습니다. 우선, '많은 책을 읽고, 영상을 보고, 감사 일기를 쓰는 등 새로운 것들을 접함에 따라 나는 현실에서 나의 행동과 태도를 완전히 바꾸었나요?'입니다.

좋은 이야기를 듣고 새로운 지식을 입력해도 내가 일상에서 만들어내는 생각과 행동이 원래의 삶과 크게 다르지 않다면 삶이 달라지기를 기대하긴 힘들어요. 사람들을 대하고 회사에서 일할 때 긍정적인 것과 부정적인 것을 나누어 평가하는 마음을 갖고, 예전과 같은 생각을 일으키고, 그로 인해 일어나는 같은 감정에 휘둘린다면 자괴감이 더욱 커질 수 있어요. 내가 새롭게 얻은 지식과 일상에서의 내 행동이 일치하지 않으니 스스로에게 거는 기대만 커지는 것이죠.

마음공부를 시작했다고 인생이 갑자기 달라지진 않습니다. 종교인들은 평생을 수행하지 않던가요. 그렇게 매일 스스로를 다스리며 살아갈 뿐이지요. 모든 러닝 커브learning curve가 그렇듯, 우리는 마음공부 과정에서도 편평한 구간과 수직 상승의 구간을 반복 경험합니다. 그렇게 조금씩 더 평온해지고 행복해진다는 것을 깨닫기 때문에 계속해나갈 수 있는 것이죠.

혼자 있을 때뿐 아니라 다른 사람들과 함께 생활하는 동안에도 스스로 관찰하고 알아차리고 비워내려는 노력이 필요합니다. 예를 들어 누군가가 나를 낮잡아 말하는 상황을 겪어도 그의 말을 통해 나 자신을 부정적으로 평가하는 낡은 패턴으로 돌아가지 않습니다. 그 사람의 말을 나에 대한 '사실'인 것으로 착각하려는 자신을 알아차리고 심호흡을 하며 '저 사람의 의견일 뿐이야. 다른 사람의 평가로 나 자신의 가치를 깎아내리지 말자' 하고 스스로를 지키는 연습을 해봅니다. 이 과정에서 '나는 왜 아직도 남들의 의견에 이렇게 상처받는 걸까?' 하고 자신을 힐난해서는 안 됩니다. 성당에서 신부님이 교인들에게 오늘 당장 하느님처럼 살라고 강요하지 않듯, 자신에게 충분한 시간을 주는 것이 필요합니다.

그다음으로 물었으면 하는 것은, '지금 내가 바꿀 수 있는 것이 있음에도 두려움을 핑계로 미루고 있지 않은가?'예요. 예를 들어, 셈을 싫어하고 어려워하는 사람이 회사에서 회계 업무를 맡으면 월요일부터 금요일까지 매일이 지옥 같을 거예요. 주말도 출근의 공포에 떨며 마음 편히 쉬지 못하죠. 내게 편한 일을 찾으면 된다는 걸 알면서도 불확실한 미래에 대한 막연한 걱정이나 스스로를 믿지 못하는 마음에만 집중해서 이직이라는 옵션을 외면한다면 어떻게 180도 달라진 삶을 살 수 있을까요? 내면에서 변화가 일어나고 있다면 조금 더 용기를 내어 한발 내디뎌보세요. 평생 쌓아온 관념의 틀에 나를 가두고 변화를 겁낸다면 새로운 삶은 더 멀게 느껴질 수밖에요.

마지막 질문은 '내가 원하는 방향으로 많은 변화가 있었음에도 불구하고 얻은 것에 대해 감사하는 마음보다 남은 과제에 대한 불평을 만들어내고 있는 것은 아닌가?'입니다.

'마음은 참 많이 평온해졌는데, 삶은 그대로예요'라고 말하는 분들이 계십니다. 생각해보면 마음이 평온해졌다는 것은 삶이 드라마틱하게 변한 것입니다. 예전엔 널뛰듯 변하는 감정의 폭만 줄어도 참 좋겠다고 생각했을 텐데, 그것을 얻고 나니 삶의 다른 부분들이 마음에 들지 않습니다. 가장 중요한 걸 얻고도 에고ego의 목소리에 휘둘려 삶이 크게 변하지 않았다고 말하는 것이죠.

한국인에게 한국말로 이야기하고, 영국인에게 영어로 이야기하듯, 이 세상은 우리가 가진 생각과 감정이라는 에너지로 우리와 소통합니다. 가진 것에 감사하는 에너지를 가지면 감사할 일들은 더 많이 일어납니다. 갖지 못한 것에 대해 아쉬운 마음을 가지면 아쉬울 일들이 더 생기죠. 마음이 평온해졌고 감정이 쉽게 요동치지 않는다면 내가 꿈꾸는 더 나은 삶은 반드시 내게 올 겁니다. 수행 몇 개월 차, 몇 년 차라는 타이틀은 잊고 지금 이 순간의 평온함과 즐거움에 집중하셨으면 좋겠습니다. 모든 타이틀을 지워내는 것이 마음공부의 기본 중 하나이기도 하니까요.

사회적 이슈를
어떤 태도로 바라보아야 하나요?

전에는 뉴스도 챙겨 보고, 커뮤니티 활동도 하면서 나름대로 사회의 변화를 추구하는 삶을 살았지만, 명상을 통해 마음의 평온을 경험하고 나니 자극적인 뉴스가 불편해져서 점점 사회적 이슈를 외면하는 것 같아 죄책감이 든다는 분들이 계세요. 뉴스를 접하면 분노하게 되고 감정적으로 힘들어지니 명상을 해도 집중이 안 되죠. 이렇게나 힘든 사람들이 많은데 나 혼자 명상을 하며 마음의 평온을 찾자니 도움이 필요한 사람들을 등지고 사는 기분이 든다고 호소합니다.

무엇보다 중요한 것은, 어떤 상황을 접해도 감정적으로 흔들리지 않는 것이에요. 어떤 액션을 취하기 위해 반드시 분노하거나 슬퍼해야 하는 것은 아니랍니다. 늘 고요한 마음을 유지하고 살아가는 제게 '세상에 어떤 일이 일어나고 있는지 혹시 아세요?' 하고 묻는 사람도 있어요. 저 또한 우리나라에서 일어나는 일들 뿐 아니라 세계적으로 일어나는 사회적 문제에 늘 관심을 기울이고 있고, 제가 할 수 있는 행동도 취해요. 그 과정에서 감정이 요동치지 않을 뿐이죠.

저는 제가 원치 않는 방향의 어떤 일이 우리 사회에 일어났을 때, 사실은 사실로 받아들이되 감정을 일으키지 않고, 즉시 원하는 세상의 모습을 마음속에 그립니다. 이미 그 세상이 존재함을 믿고, 그것에 대해 감사함을 느끼는 데 집중하죠. 순간적으로 어떤 불쾌한 감정이 일어날 수 있지만 바로 흘려보내요. 다친 사람, 고통받는 사람이 있다면 그들이 고난을 극복하고 행복한 삶을 찾은 모습이 이미 존재함을 느끼고 사랑의 마음, 축복의 마음을 유지합니다.

분노하지 않으면 문제를 해결할 수 없다고 말하는 경우를 종종 봅니다. 하지만 동서고금을 막론하고 종교인들을 비롯한 대부분의 수행자들은 사회적 이슈를 대할 때 분노하지 않아요. 분노하는 것이 그 일에 도움이 되지 않음을 알기 때문이죠. 끌어당김의 법칙에 대입해 생각해보면, 원치 않는 것을 생각하며 분노하면 원치 않는 그 일에 에너지가 더해지니 더욱 자주 창조

됩니다.

반대로, 원하는 일을 생각하며 좋은 감정을 느낄수록 원하는 일이 자주 일어납니다. 부당한 일을 당해 고통받는 약자들을 돕고 싶다면, 그들의 행복을 빌며 자신이 취할 수 있는 액션을 취해주세요. 그저 동정하고 분노하는 것은 그들에게 도움이 되지 않음을 기억해야 합니다. 공감하지 말라는 것이 아닙니다. 그들의 고통과 아픔을 수용하되 그들의 행복을 함께 느껴주고 빌어주는 것이 중요합니다. 분노하는 것, 감정적 굴곡이 심하다는 것은 갖지 못한 것에 집중하는 결핍의 상태예요. 원하는 방향으로 해결될 것을 '알고 있는' 상태라면, 분노할 이유가 있을까요?

전쟁과 기아가 없는 세상에 살고 싶다면 전쟁과 기아에 집중할 것이 아니라 모두가 평화롭고 식량 걱정 없이 사는 세상에 집중합니다. 빈부격차가 없는 나라를 원한다면 부자들을 비난할 것이 아니라 나부터 가진 것을 나누고 모든 사람이 서로 사랑하며 상생하는 세상을 꿈꿔요. 미세먼지가 없는 환경에 살고 싶다면 미세먼지에 대해 불평할 것이 아니라 아직 산소가 존재함에 감사하고, 인간의 수많은 실수에도 이렇게 잘

버텨준 자연에 고마운 마음을 느끼죠.

원하는 것이 이미 존재함을 알아차리고 감사하는 마음을 갖는 것에 집중하세요. 그것이 곧 세상을 위하는 일이랍니다.

부정적인 생각의 늪에서
어떻게 빠져나오나요?

정도는 다르지만 우리는 누구나 생각에 중독된 채로 살아갑니다. 저도 한때 끝나지 않는 생각을 이어가느라 밤을 새는 일이 흔했습니다. 그렇게 며칠을 지내다가 몸이 못 견뎌 쓰러지면 조금이나마 눈을 붙이곤 했죠. 그런 날들이 몇 년에 걸쳐 이어졌습니다. 돌아보면 그때 했던 생각들은 바꿀 수 없는 과거에 대한 후회나 다가오지 않은 미래에 대한 걱정뿐이었어요. 게다가 하루도 빠짐없이 거의 같은 생각들이었고요.

'지금'이라는 시간은 언제나 '과거'와 '미래'보다 고요합니다. 자극적이지 않고 단순하죠. 그래서 우리의 에고는 항상 더 자극적인 과거와 미래를 오가는지도 모르겠습니다. 우리는 지금 이 순간만을 살 수 있지만, 과거나 미래에 젖기로 선택하고 지금을 망각합니다. 현재를 인지하지 못한다고 표현할 수도 있을 것 같아요.

명상이 깊어지고, 지금 이 순간에 집중하는 것이 수월해지면 완전히 비워지는 나를 경험할 수 있어요. 개체 존재인 '나'도 사라지고 생각이나 감정 또한 모두 사라집니다. 그제야 비로소 내가 얼마나 수고스럽게 과거와 미래에 대한 생각을 이어가며 스스로를 괴롭혔는지 깨닫게 돼요.

후회되는 일에 대해 생각하면 과거를 바꿀 수 있을까요? 오지 않은 미래에 대해 걱정하며 만일에 대비하면 안정감이 찾아올까요? 그렇지 않죠. 하지만 우리는 그렇게 착각하도록 스스로를 몰아갑니다. 지금 이 순간에 집중하는 법만 익히면 생각에 매몰된 삶에서 벗어날 수 있습니다. 하지만 '지금'이라는 순간은 내가 '지금'이라는 단어를 읽자마자 과거가 되어버릴 만큼 난해하게 느껴지죠.

인간의 에고는 부정적인 생각이 일어나는 즉시 먹이를 기다렸다는 듯 그 생각을 덥석 뭅니다. 먹이를 얻은 에고는 더욱 커지고요. 그렇게 나는 생각에 빠져들기 시작합니다. 생각에 빠져들수록 에고는 더욱 커지고, 생각은 꼬리에 꼬리를 물며 끝없이 이어집니다. 결국 처음 시작한 생각과 전혀 상관없는 걱정으로 이어지기도 하죠. 직장 상사에게 혼날까 봐 시작한 걱정이 지구 종말에 대한 걱정까지 이어져도 전혀 이상하지 않습니다. 불안을 해소하고 싶어 시작한 생각의 퍼레이드가 결국 나를 더 불안하게 만들고 지쳐 잠들 때가 되어서야 멈추는 거예요.

생각이 처음 일어날 때 내가 그것을 이어가려는 것만 알아차려도 변화가 시작됩니다. 에고에게 밥을 한 술 떠주며 '더 큰 걱정을 만들어내'라고 하는 대신에 '생각은 내가 아니야' 하고 단호하게 의식을 지금 이 순간에 모으는 연습을 하면 돼요. 지금 바로 눈을 감고 숨을 길게 내쉬며 공기가 코를 지나는 느낌에 집중해보세요. 고요하지 않은가요? 잠시나마 마음이 평온해지죠. 우리는 한 번에 한 가지에만 온전히 집중할 수 있습니다. 호흡에 집중하면서 다른 생각을 하는 것은 불가능해요. 명상은 내가 무엇에 집중할지 선택하는 연습이기도 합니다.

부정적인 생각이 찾아올 때 생각을 이어가려는 나를 알아차리고 관찰자의 입장에서 바라보세요. 지나가는 참새가 공원 벤치에 앉은 인간을 바라보듯, 나와 분리해서 나를 바라보세요. 과거와 미래에 대해 아무 의미 없는 생각의 나래를 펼쳐 괴로움을 선택하려는 나를 알아차리고 눈을 감고 호흡을 거듭하며 '지금 이 순간'에 집중합니다.

물론, 생각은 자꾸만 일어날 겁니다. 하지만 생각이 찾아오는 것에 놀라거나 저항하지 않고 호흡을 이어갑니다. 뇌가 멈추지 않는 이상 생각이란 본래 일어나는 것입니다. 하지만 꼬리에 꼬리를 무는 생각으로부터 멀어지기 위해 호흡에 집중하는 것을 내가 '선택'하는 거예요. 생각을 없애려 하지 말고 생각이 아닌 호흡에 집중해보세요.

다양한 호흡법이 존재하지만, 지금 이 순간에 집중하기 위해 숨을 어떻게 쉬는지는 크게 중요하지 않아요. 요가에서 수행하는 호흡법이나 단전호흡 같은 것들이 도움이 되는 것은 사실입니다. 하지만 부정적인 생각의 늪에서 빠져나오는 연습을 하며 쉬는 숨은 의식의 집중을 돕는 도구 정도로 여기세요. 호흡법에 지나치게 집착하지 않도록 해요.

호흡에 집중하는 시간이 이어지고, 날 괴롭게 하는 생각이 일어나는 속도가 느려지고 내면이 고요해졌다고 느껴질 때까지 이어갑니다. 5분이 지나고, 10분이 지나도 생각이 계속 일어날 수 있어요. 조급해할 필요 없습니다. 반드시 비워집니다. 시간이 필요할 뿐이죠. 저는 많은 생각들로 힘들었을 때 호흡에 집중하려는 노력만 몇 시간씩 하기도 했습니다. 다리가 저리면 폈다 오므렸다를 반복하면서요.

들숨 한 번을 마시는 동안에도 수없이 많은 생각들이 일어나지요. 이러다가 정말 정신이 어떻게 되는 건 아닌가 걱정하기도 했어요. '내가 비정상인가, 다들 이렇게 사는 것일까' 궁금하기도 했고요. 하지만 그저 호흡을 이어갔습니다. 들이쉬고, 내쉬고, 들이쉬고, 내쉬고…. 생각이 일어나면 또 들이쉬고, 내쉬고, 들이쉬고, 내쉬기를 반복했지요. 그렇게 꾸준히 연습해 지금은 언제든 머리를 깨끗이 비울 수 있게 되었어요.

이렇게 매일 같은 시간에 생각을 비우는 연습을 하고, 생각에 잠식될 때마다 1, 2분씩이라도 호흡에 집중하는 연습을 해보세요. 어느새 생각에 지배당하는 패턴에서 벗어나 있을 겁니다.

아이를 향한 죄책감으로 괴롭습니다

참 많은 어머니들이 이 같은 생각으로 괴로워합니다. '내가 조금 더 나은 엄마였다면 우리 아이를 더 멋진 사람으로 키울 수 있을 텐데….' 자신이 못나서 아이의 삶을 망치는 것 같다고 느끼는 어머니도 있죠. 하지만 이건 아이가 가진 가능성을 부모의 틀에 가두는 게 아닐까요? 아이가 어떤 삶을 살든 그것을 아이에게 맡기는 마음가짐도 중요하다고 생각해요.

저는 부모가 된 지 몇 년이 되지 않았지만, 육아를 하며 특별히 절망해본 일이 없습니다. 그건 제게 '나의 부모'에 대해 아픈 구석이 남아 있지 않아서라고 생각해요. 나와 내 부모와의 관계에 남은 상처나 원망이 없으니 나와 내 아이의 관계에 있어서도 지금 이 순간의 행복에만 집중하게 된답니다. 저는 부모가 되기 훨씬 전에 부모님과의 관계에서 오랜 시간에 걸쳐 형성된 결핍과 상처를 알아차렸고, 그 아픔을 돌보고 치유해

야 함을 깨달았어요. 그 치유의 과정까지 끝내고 지금
의 남편을 만나 결혼을 하고 출산을 했습니다. 쉽게 말
하면 마음이 많이 비워진 상태로 엄마가 된 것이죠.

20년이 넘는 세월 동안 어머니를 원망했고, 성인이
된 후 몇 년간은 아버지와 연을 끊고 지냈을 정도로 제
게는 가족에 대한 상처가 참 많았습니다. 하지만 지금
은 과거의 어떤 일을 떠올려도 모두 보석같이 느껴질
뿐이에요. 서운함이나 두려움과 같은 감정은 일어나지
않습니다. 나의 어머니, 나의 아버지의 딸로 태어나 이
삶의 경험을 얻고 지금의 평온에 이른 것에 감사하죠.

인간은 모두 부족한 존재입니다. 나의 부모님도 그
랬으며 나 또한 앞으로 늘 부족하리라는 걸 받아들이
면 참 편안해집니다. 나는 나일 뿐, 그 이상도 이하도
아닌데, 반드시 무언가가 되어야 한다고 생각하면 그
욕심은 끝이 없어요. 인간은 그 누구도 완벽할 수 없는
데, 완벽을 좇아 스스로를 책망하는 건 자신을 괴롭히
려고 노력하는 것밖에 안 되죠. 부모님의 장단점을 경
험하고 바깥 세상에서 겪는 결핍과 풍요도 경험하며
스스로 많은 것들과 부딪치고 견디면 젊은 나이에도
진리를 만날 수 있다고 생각해요.

제가 삶에서 나름의 다양한 고뇌와 수행을 하며 배운 것은, 이 세상에 존재하는 좋고 나쁨은 허구의 관념일 뿐이라는 것과 선이 없으면 악이 없고, 악이 없으면 선 또한 없다는 거예요. 어둠이 존재하지 않는데 빛이 존재할 수 있을까요? 이렇게 사실은 하나지만 서로 반대라고 착각하는 가치들을 통해 우리는 삶을 배웁니다. 그렇다면 내가 가진 성향들도 아이들에게는 반드시 배움이 되고 보석이 되는 것이죠. 무엇이 좋다 혹은 나쁘다 판단하는 것은 나의 에고일 뿐이에요.

내가 해주는 것과 못 해주는 것들 모두로부터 아이는 삶을 배울 것입니다. 내가 흠 잡을 데 없는 부모라면 아이는 배울 것이 없겠죠. 우리 아이가 소위 말하는 잘나가는 삶을 살기를 바란다고요? 그건 사실 욕심에 지나지 않는다고 생각해요. 아이의 삶은 아이에게 맡겨두어야죠. 하지만 아이가 건강하고 행복하길 바라는 마음만큼은 어느 부모든 진심일 겁니다. 그렇다면 나부터 행복해져서 행복한 부모의 모습을 보여주고, 그럼으로써 아이로 하여금 자신의 행복을 추구하도록 양육하는 것이 좋지 않을까요? 그래서 저는 좋은 엄마보다 행복한 사람이 되려고 합니다.

삶에서 내게 주어지는 모든 인간관계는 수행입니다. 내 삶에 있는 나의 관계들에서 아직 해답을 구하지 못해서 아이와의 관계에 있어서도 불안과 죄의식이 생기는 거예요. 내 삶에서 나의 부모님의 역할은 무엇이었는지, 나는 그분들로부터 무엇을 배웠는지, 그리고 아직 남아 있는 원망이나 서운함은 어떤 것들이 있고 어떻게 해결하면 좋을지 생각해봐야겠죠? 내 부모와의 결핍을 극복하고 나면 내 아이가 나와의 문제를 극복하지 못할까 봐 걱정하지 않을 테니까요. 스스로를 믿는 부모에게 아이에 대한 걱정은 일어나지 않는답니다. 내 안의 아픔을 먼저 돌봐주세요.

매사 평가하려는 나 자신이 싫어요.
평가하기를 멈추고 싶어요

우리는 하루에도 셀 수 없이 많은 가치 평가를 하죠. 식사 메뉴나 입을 옷을 고를 때 하는 평가 정도는 문제가 되지 않아요. 문제는 무언가를 부정적으로 평가하고, 그에 따른 부정적인 감정을 느껴 그것에 휘둘리는 것이죠.

같은 것을 바라보고도 어떤 사람은 아름답다고 평가하고 어떤 사람은 보기 흉해서 짜증이 난다고 평가할 수 있죠? 부정적인 평가에 부정적인 감정을 일으키면 결국 손해 보는 것은 오롯이 나 자신이에요. 그래서 저는 행복해지는 첫걸음으로 '평가하지 않기'를 언제나 가장 먼저 꼽습니다. 자기사랑의 뿌리가 되어주기도 하고요.

하지만 지금껏 살아오면서 눈뜬 직후부터 잠들기 직전까지, 아니면 꿈에서까지 좋고 나쁨을 분별해온 우리에게 '평가하지 않기'라는 과제는 굉장히 어렵게 느껴집니다. 그렇다 보니 이 과정에서 쉽사리 변하지 않는 자신에 대해 실망하고 분노하는 분들이 많은 것 같아요. '끊임없이 모든 것들을 평가하는 습관을 버리고 싶은데, 그러지 못하는 나 자신이 한심하고 답답하다' 라고 표현하는 분들을 정말 많이 만났어요.

하지만 제가 여기서 중요하다고 생각하는 것은 모든 것을 끊임없이 평가하는 나 자신을 또 한번 평가하고 있음을 알아차리는 거예요. 세상에 대해 평가하는 것을 멈추고 싶다는 순수한 마음이 욕심이 되었고, 그것을 수월하게 해내지 못하는 나 자신에 대해 또 부정적인 평가를 내리고 부정적인 감정을 일으키고 있는 것이죠.

나 자신에 대해서도 평가하는 것을 멈추어보세요. 잘했다, 못했다, 멋지다, 후지다…. 이런 모든 평가를 멈추고 나를 있는 그대로 수용해보세요. 잘나고 못난 것은 사실 존재하지 않아요. 내가 만든 관념일 뿐입니다. 잘나지도 못나지도 않은 '있는 그대로의 나'로 그저 존재해보세요.

어서 내 삶을 더 나은 곳으로 이끌고 싶은 마음은 충

분히 아름답지만, 조급함을 내려놓고 삶 전체를 하나의 여정으로 보기로 해요, 우리. 당장의 결과보다 매일의 변화와 크고 작은 노력, 그 멋진 여행을 즐기는 마음을 누려보면 좋겠어요.

질투와 열등감 때문에 괴롭습니다

누군가에게 질투심이나 열등감을 느끼는 것은, 쉽게 말하면 나 자신을 있는 그대로 받아들이지 못하기 때문이에요. 꾸미지 않은 날것 그대로의 나를 인정하고 싶지 않아서 자꾸만 머릿속에 그려놓은 상상 속의 더 멋진 나를, 진짜 나인 것처럼 착각하려 노력하죠.

깊은 명상을 수행하거나 요가, 기도 등을 통해 깊은 뇌파를 경험하면 우주 만물과 내가 하나 되는 경험을 하고, 그와 동시에 '나는 온 세상이기도 하고, 또 아무것도 아니기도 하구나'라는 것을 느끼게 됩니다. 무엇을 가져서, 이루어서 만들어지는 정체성은 허구에 불과하고, 진짜 나라는 인간은 존재만으로 값지다는 것을 깨닫죠. 하지만 머리로 궁리한다고 완전히 알게 되는 것이 아니어서 말로 설명하는 것이 참 힘들어요.

저는 20대를 자만심으로 가득 찬 상태로 보냈는데요, 돌아보면 유아기와 청소년기에 너무 많은 상처를 받고 자존감이 바닥이 되어서 그대로는 살 수가 없다는 생각에 자만심으로 겉포장을 했던 거였어요. 무의식적으로 살기 위한 울타리를 쳤나 봐요. 겉으로는 자신감 넘치고 누가 봐도 당당한 사람이었지만 스스로를 인정할 줄 몰랐고, 성취하는 것을 통해 '나는 멋져'라는 착각에 흠뻑 취하고 싶어했죠. 그래서 다행히 이루고자 했던 것들을 많이 이루었어요. 하지만 그 후 더 큰 좌절이 왔죠. 내가 목표로 한 것들을 손에 쥐었는데도 스스로 전혀 인정하지 않고 있다는 걸 깨달았거든요. 그때 내가 가진 것과 자기사랑은 관련이 없음을 배웠죠. 내가 '나'라고 굳게 믿고 살았던 것은 실재하는 것이 아니었던 거예요.

그러고는 '아무것도 되지 말자'는 마음으로 있는 그대로의 나로 사는 여정이 시작되었어요. 사람들과 있을 때는 숨기려고 했던 어떤 모습들을 일부러 용기 내어 드러내기 시작했고, 사람들은 내가 어떤 모습이든 크게 신경 쓰지 않는다는 것도 알게 되었죠. 내 행동 하나가 변하면 세상이 깜짝 놀라 넘어질 것 같지만, 정말이지 생각보다 사람들은 나에게 관심이 없어서 민망했답니다.

'있는 그대로의 나'로 살기 시작하면서 건강상의 문제들이 해결되기 시작했고, 많은 일들이 순리대로 풀리는 것을 경험했죠. 꾸미지 않고 숨기지 않으니 누구와 있어도 편안했고 사람들로 인해 기운이 소진되는 일은 거의 겪지 않았어요.

'나는 예뻐' '나는 잘났어' '나는 이만큼이나 배웠어' 같은 것들은 자기사랑과 관련이 없어요. 오히려 허구의 정체성인 에고만 키울 뿐이에요. 말로 정의할 수 없는 그냥 지금 이대로의 나, 그것을 수용하는 것이 참된 자기사랑이에요. 자기사랑이 채워지면 무언가를 잃어도 무너지지 않죠. 애초에 그걸 가져서 나 자신을 사랑한 것이 아니니까요.

우리의 에고는 '너'와 '나'를 분리하고, 높은 것과 낮은 것의 경계를 만들어요. 세상 모든 것은 사실 동일선상에 있지만, 무언가가 더 위에 있고 밑에 있다고 착각하게 만들죠. 그래서 내 위에 누군가가 있으면 내 밑에도 반드시 누군가가 있어요. 누군가의 위에 있는 기분을 느끼고 싶다면, 내 위에도 늘 누군가가 있어야 하죠. 하지만 내 위에도 아래에도 아무도 없고 모두가 동등하다는 것을 믿기 시작하면 누구의 앞에서도 작아지지 않고, 누구 앞에서 커지지도 않아요. 나는 늘 한결같이 존재할 수 있죠. 물과 공기처럼요.

나는 누구인가요? 대체 누구이기에, 얼마나 더 잘난 사람이 되어야 해서 나 자신을 괴롭히고 있나요? 인간은 모두 각자의 모자람을 가지고 있고 그 다양성으로 세상이 조화롭게 존재해요. 내가 저 사람보다 더 부족한지, 저 사람이 나보다 부족한지… 그런 것들은 문제가 아니에요. 문제는 내가 꿈꾸는 내 모습이 존재하지 않는 모습일 때 일어나고, 존재하지 않는 허구의 나와 소중한 현실의 나를 비교할 때 우리는 큰 고통을 느껴요. 내가 그리는 꿈속의 내 모습을 누군가가 가지고 있는 듯 보이면, 그 사람에게 열등감을 느끼고 화도 나요. 사실 나와 나의 싸움인데 말이죠.

열등감으로 괴롭다는 것은 누군가의 위에 있고 싶거나 누군가의 아래에 있고 싶지 않다는 열망이에요. 그럴 때 눈을 감고 조용히 마음속으로 반복해 말해보세요. '나는 아무것도 아니고 동시에 온 세상이다' 혹은 '아무것도 되지 않아도 돼' 하고요. 가끔 '나는 아무것도 아니다'라는 말이 자존감을 더 낮게 하는 것 같다는 말도 들어요. 하지만 그건 자존감을 잘못 이해해서 드는 생각이에요. 앞서 말했듯 내가 무언가를 하거나 갖거나 이루어서 떳떳해진다면 그걸 잃으면 나는 다시 쪼그라들겠죠. 그런 자존감은 허상이죠.

내가 하늘에 떠다니는 구름, 나무와 나무 사이를 날아가는 참새 한 마리, 길가에 핀 하얀 들꽃과 다를 게 없음을 깨달아야 해요. 구름은 여기저기 기압에 따라 흘러가다가 무거워지면 비가 되어 내릴 뿐이죠. 참새도 날아다니며 먹을거리를 찾고 집을 짓고 새끼를 낳고 키우며 자연의 순리대로 생활할 뿐이고, 들꽃도 계절에 따라 피고 지기를 반복해요. 인간이라고 무엇이 다른가요? 내가 구름이나 참새, 들꽃보다 나은 존재일까요? 저는 아니라고 생각해요. 구름이 되어, 참새가 되어, 들꽃이 되어 세상을 바라보는 연습을 해보세요. 자꾸만 평가하고 분별하는 마음을 내려놓고, 모든 것을 관념 없이 존재하는 그대로 보세요. 그게 힘들다면 자주 산속에 들어가 자연과 하나가 되어보세요.

내가 아닌 무엇이 되라고 스스로에게 강요하는 것을 멈추세요. 나는 내가 머릿속에 예쁘게 그려놓은 그 모습이 될 수 없고 될 필요도 없어요. 그 모습이 된다 한들 그다음에 더 큰 것을 그리고 그것을 좇느라 고통을 느낄 거예요. 내가 나인 것에 대해 자꾸만 부끄러워하거나 사과하지 마세요. 지구에 살아가는 77억 명 가까이 되는 모든 사람에게는 저마다 존재 이유가 있고 가치가 있습니다. 자신을 부족하다고 느끼고 자꾸만 덧대고 치장하려 하는 것을 멈추고, 지금 이 상태가 나의 가장 자연스러운 상태임을 인정하세요. 그리고 그걸 드러내세요.

이미 내가 가진 것을 세상에 나누며 살도록 해보세요. '나는 나눌 것이 없는데?'라고 생각한다면 아마 나눔이라는 것이 보통 사람은 할 수 없는 굉장한 것이라고 믿고 계신 거겠죠. 그러나 우리는 가진 것을 나눌 수 있어요. 물질적인 것을 이야기하는 게 아니에요. 물론 물질적 나눔을 좋아한다면 그것도 좋지만요. 편의점에서 껌 한 통을 사면서도 점원에게 밝게 웃으며 인사하거나 고마움을 표현하는 것도 나눔이라고 생각해요. 누군가가 나를 향해 밝게 웃어줄 때 기분이 좀 나아지지 않나요? 나도 그걸 누군가에게 할 수 있죠.

매일의 일상에서 스쳐 지나가는 사람들에게 나는 얼마나 많이 사랑을 전했나요? 내가 나눌 수 있는 것이 얼마나 많은데, 모자라고 부족한 것에만 포커스를 맞추고 있지는 않은지 돌아보았으면 해요.

더 이상은 욕심의 노예로 살지 말아요, 우리. 내게 행복을 주는 것이 무엇인지 찾아봐요. 지금 이 순간을 충실히 살아요. 머리와 마음을 비워내고, 비워내고, 또 비워내는 삶을 살다 보면 참된 나, 진아眞我를 만나게 됩니다. 그리고 그땐 열등감이 무엇이었는지조차 기억 나지 않을 거예요. 우리 모두는 각자의 모자람을 가진 그대로 완벽합니다.

수시로 멍해집니다

멍해져서는 안 되는 상황에 머리가 뿌예져서 찰나의 기억이 안 나는 일을 겪는 사람들이 참 많은 것 같습니다. 회사에서 일을 할 때도, 집안일을 할 때도, 아니면 운전을 하거나 기계를 작동 중인 위험한 상황에서도 말이죠. 그럴 때 넘어지거나 업무 처리에 실수를 하거나 칼에 손을 베이는 등의 일들이 일어나죠. 멍하게 걷다가 가야 할 곳을 지나치는 경우도 많고요.

어린 시절, 늘 우울하고 불안했던 저는 많은 사고를 겪었는데요. 골절상이나 찰과상을 당하는 일이 흔해서 일곱 살쯤엔 응급실에 실려가면 어떤 절차를 거쳐 입원하게 되는지 외울 정도였어요. 지금 돌이켜보면 사고를 겪지 않으면 허전하다고 느낄 정도로 자주 다쳤답니다. 넘어지는 것은 하루에도 몇 번씩 있는 일이었지만, 차에 치이거나 놀이 기구에서 떨어져 크게 다치기도 하고, 추돌 사고로 정신을 잃은 채 발견된 적도 있어요. 그리고 그 많은 사건의 직전, 그 찰나의 기억은 늘 머릿속에 없다는 것을 깨닫게 되었어요. 마치 그 순간에 내 영혼이 이곳에 없었던 것처럼 말이에요.

시간이 한참 흘러 삶에 대해 더 많은 공부를 하고 나니, 내가 아주 부정적인 에너지를 가지고 있을 때나 커다란 불안에 시달릴 때 내 의식이 100퍼센트 내 안에 머무르지 못한다는 걸 느꼈어요. 그래서 0.01초든 1분이든 그동안의 기억이 나지 않는 거고요. 마치 달팽이가 지금 살고 있는 집이 지저분하니 기분이 나빠져 집을 탈출해버리는 것 같달까요? 육체가 불편하니 그 안에 있고 싶지 않은 거죠. '혼이 나갔다'는 표현, 들어보셨죠?

혼이 나갔다고 무시무시한 일이 벌어지는 것은 아니에요. 많은 사람들이 하루에도 몇 번씩 자신도 모르는 사이 경험하는 일이에요. 다만 그것으로 인한 결과, 그러니까 사고나 업무상의 큰 실수가 없어서 깨닫지 못할 뿐이고요. 그렇다면 자꾸 멍해지는 것을 피하기 위해 어떤 노력을 하면 좋을까요?

가장 중요한 것은 스물네 시간 현존하는 삶을 사는 것이에요. 앞서 '생각을 흘려보내는 명상'에서 소개한 막간을 활용한 명상을 습관화하는 것도 아주 좋지만, 매 순간에 존재하고 완전히 임하려는 연습도 필요합니다.

우리는 걱정이나 잡념으로 보내는 시간에 굉장히 익숙해져 있고, 그것을 잊으려고 미디어나 SNS에 의식을 맡기고 무의미한 시간을 보내기 일쑤예요. 하지만 내 두뇌에 입력되는 수많은 정보들이 나를 더 밝고 긍정적인 곳으로 이끌어주지는 않아요. 대부분의 미디어에서 쏟아져 나오는 정보는 우리의 자존감을 낮추고 세상을 피해자 마인드로 바라보게 하니까요. 이런 활동을 피하고 소중한 나의 귀한 시간을 유익하게 쓰는 습관을 가져야 해요. 의식 있는 삶을 사는 것에 익숙해진 후 예전의 생활을 돌아보면 '어딘가에 홀려 있던 것 아닐까?' 하고 놀라게 된답니다.

시간을 유익하게 사용한다는 것은 무언가를 공부하라는 것이 아니에요. 서로 공격하고 부정적인 말을 쏟아내는 자극적인 영상을 보는 데 시간을 할애하는 대신, 코믹한 동물 영상 같은 걸 보는 게 낫다는 것이죠. 순수하게 웃을 수 있는 것들은 뭐든 좋은 것 같아요. 저는 아무것도 하기 싫을 때, 어릴 때 보던 디즈니 만화영화들을 다시 보기도 했습니다. 〈밤비〉 같은 만화

영화를 보면 순수했던 시절의 마음이 다시 일어나고, 영상과 소리도 자극적이지 않아 몸과 마음이 모두 편안해져요.

또, 건강한 몸에 건강한 정신이 깃든다는 것을 기억하고 매일 꾸준히 운동하는 것도 중요해요. 출퇴근길, 혹은 점심시간에 산책하는 것을 운동이라고 말하긴 어려워요. 운동에만 집중해서 시간을 보내는 것이 필요합니다. 매일이 어렵다면 주 3회, 4회라도 좋아요. 빨리 걷기나 조깅도 좋고, 사람들과 함께라면 스쿼시나 배드민턴, 탁구도 해보세요. 요가와 같이 몸과 마음을 함께 돌볼 수 있는 운동이라면 더할 나위 없이 좋고요.

퇴근 후 밤을 그냥 보내는 것이 아쉬워 괜히 텔레비전이나 스마트폰을 뒤적거리는 것을 멈추고, 일찍 자고 평소보다 일찍 일어나 슬로 모닝을 실천하며 아침 운동을 즐기면 맑은 정신을 유지하는 데 큰 도움이 돼요. 해가 뜰 때 자연이 모두 눈을 뜨기 때문에, 그 시간에 내 몸을 일으키면 온 세상의 생명력을 그대로 흡수하게 됩니다. 수도원이나 절에서 아침 기상을 3, 4시에 하는 것도 그런 이유예요. 물론 경제활동을 하며 그렇게 일찍 일어나는 것은 힘들겠지만, 평소보다 한 시간이라도 일찍 일어나보세요.

　매일 같은 시간에 행하는 명상도 자꾸 멍해지는 증상을 완화하는 데 큰 도움이 됩니다. 사실 건강한 삶에 있어서 명상의 중요성은 아무리 강조해도 지나치지 않습니다. 운동도 해야 하는데 명상까지 매일 30분씩 챙겨 하는 것이 힘들다면 단 5분도 괜찮아요. 매일 정해진 시간에 하는 것이 포인트예요. 쓸데없는 생각과 걱정이 나를 좌지우지하도록 허용하지 마세요. 부정적 생각이 부정적 에너지를 일구고, 그렇게 내 에너지 주파수가 낮아지며 혼이 탈출하는 것을 막으려면 도움되지 않는 생각을 흘려보내는 것은 필수겠죠?

일을 자꾸 미루게 되고 무기력해집니다

기다리던 영화가 개봉하면 하루빨리 보러 가고 싶지 않은가요? 보고 싶었던 연인을 만나려고 약속을 잡을 때도 날짜를 최대한 앞당기고 싶죠. 우리는 누구나 좋아하는 일은 앞당겨 하고 싶고, 좋아하지 않는 일은 차일피일 미루고 싶어해요. 자연스러운 일이랍니다.

할 일을 자꾸 미루게 된다고 자책하고 스스로 깎아내리는 분들을 자주 봅니다. 무기력증에 빠지면 자신을 무용지물이라고 생각하기도 하고요. 혹시 늘 무언가를 해야 한다는 강박에 시달리는 것은 아닐까요? 어릴 때부터 성실하게 사는 것과 하기 싫은 것도 참는 것이 미덕인 것처럼 교육받았기 때문일지도 모르죠. 그렇게 살지 않으면 성공하지 못하고, 성공하지 못하는 삶은 가치가 없는 양 느끼도록 배우며 자랐으니까요. 성실하게 인내하는 삶이 나쁘다는 게 아니에요. 다만 저는 모든 사람이 자신의 임계점을 잘 알고 스스로 돌볼 줄 알아야 한다고 생각해요. 우리는 저마다 다른 존재이니까요.

저도 심한 무기력증을 겪을 땐 한 달 넘게 방 밖으로 나오지 않기도 했어요. 커튼을 쳐놓고 시계도 보지 않고, 방에 딸린 화장실만 오가며 누구와도 마주하지 않았죠. 삶을 더 이어가고 싶지 않아서 곡기도 끊었고, 아침에 눈 뜨는 것이 가장 괴로운 일이어서 커튼 사이로 새어드는 빛이 최대한 적을 때 일어나려고 베개에 얼굴을 묻었답니다. 그 젊고 예쁜 나이에 왜 그런 시간을 보냈을까요? 오늘 하루가 기대되지 않았기 때문입니다.

우리나라에선 입시를 거치며 대부분의 학생들이 점수에 맞추어 학교와 과를 선택하고, 졸업할 때쯤 가장 유망해 보이는 직종을 골라요. 취업을 하면서는 이곳이 나의 평생직장이길 바랍니다. 직장 생활이 만족스럽지 않으면 이직을 고려하는데, 여태 쌓은 경력이 아쉬워 같은 직종으로 옮기는 경우가 대부분이죠. 그렇게 행복을 느끼지 않는 일을 하며 삶을 이어가게 돼요. 어째서 이런 결정들을 내리게 될까요? 나는 무엇에 근거해 중요한 결정을 해왔나요?

우리는 오랫동안 결과 지향적인 삶을 살아왔어요. 그러니 사고방식도 자꾸만 결과 지향적으로 흘러갑니다. 그것만 타파해도 삶의 주도권이 내게 오고 무한한 자유가 주어지는데 말이에요. 삶은 결과 지향이 될 수 없어요. 모든 사람은 태어나고 죽어요. 지구에 사는 77억 명 모두의 삶의 결과는 죽음입니다. 그렇다면 내게 주어진 100년 남짓의 시간, 그 아름다운 여정을 무엇을 하며 채울 것인가가 중요하지 않을까요? 사회적으로 이룬 것, 손에 쥔 것이 많으면 죽는 날 행복할까요? 저는 그렇지 않을 것 같아요. 어떤 이는 더 많이 이루지 못했음을 통탄하며 죽음을 맞이할 수도 있죠. 저는 30년, 40년을 살더라도 매일의 즐거움과 보람, 따뜻한 사랑을 만끽했다면 행복하게 세상을 떠날 수 있을 것 같아요. 남들이 박수쳐줄 무언가를 이루었든 이루지 않았든 그것은 내적 고요에 따라오는 부록과 같고, 내가 얼마나 내면에 집중하며 살았는지가 중요하다는 거죠.

좋아하는 일을 찾아서 즐겁게 살아보라고 권하면 '당장 사표를 내자니 먹고살 걱정에 눈앞이 캄캄해요'라고 답하는 경우를 많이 봅니다. 저는 직장을 떠나라고 말씀드린 것이 아닌데, 그만큼 회사 생활이 괴로운 사람들이 많다는 걸 보여주는 것이겠지요. 회사를 당장 떠나야 하는 것인지는 잘 모르겠어요. 고정 수입을 없애고 불안에 떠는 것보다는 시간을 두고 차근차근 해나가는 게 마음 편할 수도 있겠죠. 저축이 넉넉해서 걱정이 없다면 금상첨화겠지만 말이에요. 회사를 떠날 상황이 안 된다면, 매달 꼬박꼬박 내게 급여를 지급하는 회사에 감사하는 마음에 집중하려 노력하는 게 좋다고 생각해요. 가진 것에 감사하는 마음은 언제나 더 많이 감사할 거리를 안겨주죠. 회사에 다니면서도 개인 시간을 활용해 좋아하는 것들을 찾는 여정을 시작하면 됩니다. 회사에서 받은 스트레스는 명상으로 해소하고요.

인생을 '나'를 공부하는 여정으로 삼아보세요. 매일 나는 새로운 걸 경험하고 배우며, 미세하게나마 조금씩 더 확장하고, 스스로를 수용하는 법을 익히며, 종국에는 세상을 포용하는 커다란 존재가 될 거예요. 무언가가 되어야 한다는 생각과 그게 지금 당장이어야 한다는 생각만 버리면 인생은 참 멋진 여정입니다. 삶의 목표는 여정 그 자체가 되어야 합니다. 그러면 오늘 하루를 조금 더 알차게 보낼 수 있죠. 당장 무언가가 되어야 한다는 압박이 사라지면 무기력증도 점차 나아질 거예요.

　세상이 변하고, 사람들의 의식 또한 확장되어 내면을 들여다보는 일이 자연스러워지고 있습니다. 20대, 30대뿐만 아니라 중년 혹은 노년의 나이에도 새로운 일에 도전하고 자신이 좋아하는 일을 찾는 사람들이 늘어나고 있죠. 내가 지금 중년, 혹은 노년인데 이제야 스스로에게 집중하며 즐겁게 살고 싶다는 마음이 생겨서 참 안타깝다고 표현하는 경우도 있지만, 사실 50년이든 60년이든 내가 살아온 나날이 있기에 오늘의 깨달음이 있는 것입니다. 허비된 시간이 아니라 지금의 깨어남이 있도록 해준 고마운 시간인 것이죠. 10년 전으로 돌아가봤자 그때 깨달을 수 있는 것이 아니니 아쉬워할 필요는 없어요. 지금부터라도 내 삶의 주인이 되어보세요.

　무기력함이 느껴질 때 스스로 모자란 사람이라고 폄하하지 마세요. 하고 있는 일을 당장 그만둘 필요도 없어요. 마음속으로 우리 회사의, 우리 집의 좋은 점 하나씩 찾아보기 놀이를 즐기다 보면 좌절에 빠지려는 마음을 해소할 수 있습니다. '하루가 기대되지 않으니 아침에 눈뜨기 힘들지. 그래도 괜찮아. 어쨌든 일어났잖아. 그래도 뭔가 좋은 일이 생길지도 몰라' 하고 스스로를 다독여주세요.

지금 가장 중요한 것은 내가 내 삶을 소중히 대하겠다는 의도를 강하게 품는 거예요. 경제활동을 하는 시간, 업무 처리를 해야 하는 시간을 빼고는 나에게 좋은 양분을 주세요. 쉬는 시간마저 자극적인 미디어나 SNS로 나를 괴롭히지 말고, 나를 위해 내 삶에서 무엇을 할 수 있을까 고민하고, 그 방법들을 찾는 일을 취미로 삼아보세요. 결과 지향적으로 사는 사람들을 들여다보지 말고, 세상에 얼마나 다양한 가치관이 있는지 알려주며 진실로 즐겁게 사는 사람들이 어떻게 사는지 들여다보세요.

지구에는 77억이 넘는 다채로운 삶이 존재해요. 저마다 다르기 때문에 아름답죠. 그 누구도 누구와 비교되어선 안 되고, 모두 다르기에 비교할 수도 없어요. 한 명 한 명이 독보적이고 소중합니다. 이 모든 사람들이 하는 경험 하나하나가 어우러져 세상을 더욱 아름답게 만듭니다. 의식을 외부에 두어 세상에 끌려다니지 말고, 내 삶의 주체가 되어 나의 즐거움을 일구는 삶을 시작하시라고 권하고 싶습니다.

명상을 시작한 후
두통을 겪거나 머리에 열감을 느껴요

명상으로 인한 부작용을 겪는 분들 중 대부분이 두통이나 열감에 대한 불편을 호소합니다. 이런 증상을 '상기증上氣症'이라고 표현할 수 있어요. 단어를 통해 짐작할 수 있듯 기氣가 상부로만 올라 얼굴이 화끈거리고, 마치 가슴 언저리에서 막혀 그 위에 갇힌 듯한 느낌이 들 수 있어요. 머리나 얼굴에 땀이 나거나 지끈지끈한 두통이 생기기도 하죠. 이명도 포함되고요.

우리 뇌에는 송과체松果體라는 기관이 있습니다. 이 송과체는 아기일 때 가장 크며, 약 7세부터 점점 작아지기 시작합니다. 우리는 어른이 될수록 직관의 힘을 무시하고 에고의 힘으로 살아가면서 환경 독소를 지속적으로 섭취하며 송과체를 석회화해요. 석회화된 송과체를 다시 깨우는 과정이 명상의 과정이며, 송과체가 많이 사용될수록 우리는 삶에서 더 현명한 판단을 어려움 없이 내리게 된답니다. 엄청 큰 이득이죠?

맑아진 송과체를 갖게 되면 문제에 직면했을 때 굳이 머리로 계산하고 따지지 않아도 수월하게 해답을 얻습니다. 마치 모든 답을 알고 있는 것 같은 상태로 사는 거예요. 이걸 흔히 '제3의 눈이 열린다'라고 표현하는데, 심령이나 신비 체험 등과는 전혀 관련이 없다는 것을 꼭 기억하셨으면 좋겠어요. 송과체가 열린다는 것은 여태까지 경험한 삶에서 벗어나 더 넓은 시야, 그러니까 실재의 삶을 올바르게 바라보는 능력을 획득한다는 것을 의미합니다.

다만 이 송과체가 활성화되는 과정에서 상기증이 일어났다 사라지길 반복할 수 있어요. 나에게 어떤 문제가 있어서가 아니라 자연스러운 과정이에요. 살다 보면 컨디션이 안 좋은 날 두통을 겪을 수 있듯, 그렇게 가볍게 여기는 게 좋다고 생각합니다. 또 대부분의 경우 짧으면 일주일, 길게는 한 달이 지나면 모두 해소됩니다. 하지만 당장의 상황이 무척 괴롭다면 몇 가지 방법을 시도해볼 수 있어요.

일단, 체내에 수분이 부족하면 증상이 악화되기 때문에 미네랄이 풍부한 물 2리터를 조금씩 여러 번 나누어 마시며 수분을 보충해줄 필요가 있어요. 너무 바쁘거나 정신없는 생활을 하고 있다면 휴식이 절대적으로 필요하겠죠? 하루 7, 9시간은 숙면을 취하고, 건강한 식단으로 소식하시고요. 스마트폰이나 텔레비전이 내뿜는 전자기파를 멀리하는 것도 필수라고 볼 수 있어요.

이렇게 내 몸에 필요한 것들을 꾸준히 보충해주었는데도 증상이 나아지지 않거나 오히려 더 심해진다면 명상을 며칠 쉬는 것도 괜찮습니다. 평생 안 쓰던 근육을 처음으로 발견해 이제 막 쓰기 시작했다고 생각해보세요. 당연히 근육통이 생기겠죠.

마지막으로, 명상을 중단한 기간 동안 자연 속에서 맨발로 걸어보라고 늘 권하는데요. 이런 활동을 지구를 뜻하는 영단어 'earth'에서 유래한 '얼싱earthing'이라고 부르며, 우리말로는 '맨땅 요법'이라고 부릅니다. 내 몸의 특정 부위에서 정체되어 순환하지 못하는 에너지나 과하게 생겨난 에너지를 땅속으로 내보내는 역할을 해요. 실제로 양기가 가득해 종일 뛰어놀고도 지치지 않는 어린이들에게 맨땅 요법을 매일 시키면 일찍 잠자리에 들어 조용히 숙면한답니다. 그만큼 땅이 그 기운을 흡수해주고 밸런스를 잡아주기 때문이에요.

바닷가와 같이 맨발로 걸어도 위화감이 없는 곳이면 가장 좋겠지만, 바다 가까이 살지 않는 사람들이 대부분이기 때문에 보통은 동네 뒷산을 권해요. 신발 밑창은 대개 에너지의 순환이 어려운 재질로 만들기 때문에 맨발로 땅을 밟는 것이 중요해요. 처음엔 조금 이상하게 느껴져도 한두 번 해보면 자연스러워진답니다.

얼싱을 하는 동안 발바닥에 흙이 닿는 감각에 집중하는 것으로 명상을 대체할 수도 있어 더욱 좋은데요. 땅을 밟을 때 그 움직임을 최대한 천천히 유지하며 발꿈치부터 발바닥을 거쳐 발가락까지 전해지는 흙의 감촉이나 온도 등에 집중해보세요. 명상할 때 보통 눈을 감고 호흡에 집중하죠? 이때는 눈을 뜨고 발바닥의 감각에 집중하는 거예요. 걷기 명상과 얼싱을 동시에 할수 있으니 얼마나 좋은가요! 눈을 감고 명상할 땐 들숨이 좋은 기운을 내게 실어주고 날숨이 탁기를 내뱉도록 도와주듯, 얼싱을 할 땐 내 발바닥을 통해 좋은 에너지가 들어오고 조화롭지 못한 에너지는 빠져나간다고 생각하면 돼요. 아무리 그래도 타인의 시선이 너무 불편하다면 매일 자연 속에서 한두 시간 쉬는 것으로 대체해보세요.

사실 도심에서 벗어나 자연 속에 있는 것만으로도 우리 몸의 에너지 밸런스는 조금씩 조화로워집니다. 우리는 늘 우리의 본질과는 거리가 먼 전파에 둘러싸여 있고, 그것으로 인해 크고 작은 몸과 마음의 병이 일어나요. 꼭 상기증 때문이 아니더라도 자연에 나를 내맡기는 연습을 통해 정말 많은 사람들이 큰 도움을 받고 있음을 잊지 마세요!

명상을 하면서 오히려 더 괴로워졌어요

요즘 점점 많은 사람들이 명상을 생활화하는 것 같아 참 기뻐요. 현대사회를 살면서 극도의 스트레스에 시달리는 사람이 그만큼 많다는 증거이기도 하겠지만, 한편으로는 자신을 돌보려는 사람들이 늘어난 것이니 앞으로의 세상은 더 밝아지겠구나 하고 희망찬 마음을 갖게 돼요.

빠르고 정신없는 일상에서 벗어나 감정과 생각을 흘려보내고 자신을 비우고 닦는 여정을 시작하는 이유는 누구나 비슷할 거예요. 내적인 평온을 얻기 위해서죠. 마음이 잔잔한 호수와 같이 고요했던 게 언제인지 기억조차 나지 않는다고 말하는 사람들이 허다하니까요. 그렇게 하루 5분씩, 혹은 30분씩 저마다의 페이스대로 자신을 만나는 여정을 걷다 보면 일어나는 일종의 부작용이 있습니다. 마음속 깊이 묻어두었던 다양한 기억과 감정들이 폭풍우처럼 휘몰아친다는 거예요. 상처를 외면하고 억압해온 사람일수록 이러한 부작용이 두드러진답니다.

힘들게 잊었던 일이 꿈에 나타나는가 하면 느닷없이 어떤 기억의 파편이 날 자극하기도 하죠. 매일 꿈을 꾸니 아침이 무겁고, 아침이 무거우니 종일 우울해지기도 합니다. 평온하자고 시작한 명상이 겨우 잊어버린 기억들을 소환해 마음을 헤집어놓는 이유가 뭘까 하고 어리둥절해집니다.

우선 우리가 알아차려야 하는 것이 있어요. 떠올리고 싶지 않은 기억을 억압해두고 그걸 모두 잊었다고 '착각'해왔다는 거예요. 잠재의식에 아픔으로 기록된 사건에 표면 의식이 접근하지 못할 때 우리는 그것을 잊었다고 생각합니다. 상처받은 일에 대해 생각하는 것만으로도 괴로워 생각의 회로를 차단해 꼬깃꼬깃 구겨 넣어둔 것이지요. 하지만 명상을 통해 '비움'을 익히고, 하루하루 어지러움이 비워지니 저 아래 숨겨두었던 청소거리가 떠오른 것입니다.

아픈 것을 굳이 다시 꺼내어 바라볼 필요가 있을까요? 그것은 각자의 선택이라고 생각해요. 저는 과거의 아픔을 부정하며 살아왔기 때문에 과거의 일을 떠올릴 때마다 '아픈 건 나의 잘못이야. 강하지 못한 나 자신이 싫어' 혹은 '역시 세상은 내 편이 아니야' 같은 부정적 관념들이 꼬리에 꼬리를 물었어요. 그리고 수시로 불안 발작이나 공황 증세가 나타났죠. 마음속에 청소할 것들이 있는데 내가 모르는 척을 하니 계속해서 정신병리학적 증상으로 나타나는 것 같다고 느꼈어요. 그래서 하나하나 꺼내어 마주하고, 인정하고, 용서하고 싶었고요.

쉬운 과정이 아니기 때문에 무조건 하라고 권하지는 못하겠지만 묵은 청소거리를 해결하고 싶다는 욕구가 일었다면 주저하지 말고 해나가셨으면 해요. 도와달라고, 나를 좀 살려달라고 손을 뻗은 과거의 나에게 손을 내어주는 일이니까요. 그때 누군가가 나를 척척 도와주었다면 얼마나 좋았을까요? 누가 날 구해주었다면, 바른길로 안내해주었더라면 지금의 내가 이렇게 아플까요? 아닐 겁니다. 그래서 지금의 내가 과거의 나를 안아주는 거예요.

그 기억과 관련해 원망스러운 사람이 있나요? 여전히 내가 그 일로 인해 아프다면 그 사람의 모자람을 온전히 수용하고 용서하는 일이 필요해요. 과거의 어떤 선택을 한 자기 자신을 용서하지 못해 괴로운가요? 그렇다면 나 자신을 용서해야겠죠. 이 과정에서 세상을 이해하고 진리에 가까워지는 것은 물론이고 스스로를 아끼고 있는 그대로 사랑하는 힘이 굉장히 커진답니다. 하루 아침에 되는 일이 아니기 때문에 고비마다 '어째 명상하고 더 힘들어지기만 하는 것 같네' 하고 생각할 수 있지만, 그 또한 자연스러운 일입니다. 결국 모든 변화는 아주 작은 의도만 가지고 있으면 진행되고, 편안해지고자 하는 의도가 일어났다면 언젠가는 반드시 치유될 거라 생각해요.

그러니 기회를 얻었음에 감사하고, 삶이 더 좋은 방향으로 흐르고 있음에 집중하는 게 중요하겠죠? 가진 것에 집중하고 감사하는 것은 기본 중 기본이니까요. 묵은 기억이 떠오르는 경험은 쉽게 찾아오지 않아요. 철통 보안이던 내 가슴의 문이 열리기 시작했고 그것에 다가갈 힘이 내게 생기고 있다는 것인데, 당장 마음이 더 어지러워졌다고 불평하는 데 집중하면 가슴의 문은 다시 닫히고 말겠죠. 그건 마치 누군가가 10년 후의 내가 필요로 할 선물을 지금 주었는데 당장은 필요없다며 짐만 된다고 불평하는 것과 비슷합니다.

당장의 수행이 고되다고 느껴질 땐 미래의 평온한 내 관점에서 지금을 바라보는 연습을 해보아도 좋아요. '그 시절엔 과거의 상처에 대해 참 예민했지… 이렇게 평안해지는 기적을 이루었다니 참 감사하구나!' 하고 말이에요. 치유의 과정은 결코 쉽고 빠르지 않아요. 그래서 그 과정을 통째로 즐기려는 자세가 중요합니다. 각 단계에서 기쁨을 느끼고, 작은 변화들에 집중하며, 늘 자기 자신과 세상에 감사하는 마음을 가져보세요.

내 안의 평온을 아껴주세요

1판 1쇄 발행 2021년 1월 13일 **1판 2쇄 발행** 2021년 3월 5일

지은이 정민
펴낸이 고세규
편집 이승희 **디자인** 조은아 **마케팅** 백미숙 **홍보** 이혜진
발행처 김영사
주소 경기도 파주시 문발로 197(문발동) 우편번호 10881
등록 1979년 5월 17일(제406-2003-036호)
구입 문의 전화 031)955-3100 **팩스** 031)955-3111
편집부 전화 02)3668-3292 **팩스** 02)745-4827 **전자우편** literature@gimmyoung.com
비채 카페 http://cafe.naver.com/vichebooks **인스타그램** @drviche
트위터 @vichebook **페이스북** facebook.com/vichebook **카카오톡** @비채책

ISBN 978-89-349-7894-7 03810
책값은 뒤표지에 있습니다.
비채는 김영사의 문학 브랜드입니다.